상처, 투쟁
그리고 개화

상처, 투쟁 그리고 개화

발행일	2022년 9월 21일		
지은이	하임		
펴낸이	손형국		
펴낸곳	(주)북랩		
편집인	선일영	편집	정두철, 배진용, 김현아, 장하영, 류휘석
디자인	이현수, 김민하, 김영주, 안유경	제작	박기성, 황동현, 구성우, 권태련
마케팅	김회란, 박진관		

출판등록 2004. 12. 1(제2012-000051호.)
주소   서울특별시 금천구 가산디지털 1로 168, 우림라이온스밸리 B동 B113~114호, C동 B101호
홈페이지 www.book.co.kr
전화번호 (02)2026-5777   팩스   (02)2026-5747

ISBN   979-11-6836-501-8 03810 (종이책)   979-11-6836-502-5 05810 (전자책)

(주)북랩 성공출판의 파트너

북랩 홈페이지와 패밀리 사이트에서 다양한 출판 솔루션을 만나 보세요!

홈페이지 book.co.kr   •   **블로그** blog.naver.com/essaybook   •   **출판문의** book@book.co.kr

---

작가 연락처 문의 ▸ ask.book.co.kr

작가 연락처는 개인정보이므로 북랩에서 알려드릴 수 없습니다.

하임 장편소설

상처, 투쟁 그리고 개화

북랩

목
차

가람(남)	새터국의 장군
누리(여)	가람의 아내
나봄(여)	가람의 딸
수령(남)	새터국의 수령
란(남)	당의 의원장
도두(남)	의사
마루(남)	도두의 아들, 시위대장
고이(남), **윤슬**(여)	마루의 동생들이자 시위에 큰 도움이 되는 사람
보슬(여)	새터국의 경찰청장
여울(여), **새결**(남)	경찰들
하양(여)	당을 지지했던 사람

그 외에 기자, 학생, 경찰, 목사, 연예인, 교수, 교도관, 시민들, 군중들, 시위대, 경찰들, 의원들, 어린 학생들, 병사들

1막

1막 1장
공원

시민1, 시민2, 시민3 등장

시민1   이보게, 자네들 그거 보았는가?

시민2   어떤 것을 말이야? 내 아무리 나이가 들어 시력이 떨어져도 보일 것은 모두 보인다는 말이야.

시민3   내가 눈이라는 것을 시퍼렇게 뜨고 있는데 안 보이는 것이 있을까?

시민2   우리 모두 오래 살았고 경험이 많지만 감히 사람의 마음은 볼 수 없다고 할 수 있겠군.

시민3   그렇지. 제아무리 심리에 능통하고 사람에 대해 많은 것을 안다 하더라도 사람이 무슨 마음과 생각을 가지고 있는지는 두 눈을 크게 떠도 보이지 않는 것이야.

시민2   볼 수 있다면 그건 신이겠지.

시민3   그렇지. 아주 전지전능한 신이겠지.

시민1   마음을 보는 것을 자네들에게 물어보는 것이 아니야. 우리가 어찌 마음을 볼 수 있는가. 내가 나의 마음도 제대로 알지 못하는데. 내가 보았냐고 물어보는 것은 어제 방송했던 특집 뉴스를 말하는 것이야.

시민2 역사방송 말인가? 그거라면 나는 보았지.

시민3 둘은 방송을 본 것 같은데 나는 어제 청명한 달의 여신이 나를 부르는 소리에 일찍 잠에 들었다네. 그래서 나는 자네들이 도대체 무슨 소리를 하는지 모르겠네.

시민1 그렇다면 자네는 어제 방송을 보지 않았군. 어제 정말 놀라운 것이 방영되었는데 말이야.

시민3 어차피 사람 사는 일 늘 같지 않나. 뉴스라는 것은 매일 같은 것만 방송한다는 것이야. 매일 사람이 다치거나 죽는 사건이 일어나고 과한 욕심을 가진 사람은 화를 입고 고위공직자는 비리를 저지르는 것들이 보도되는 것이지. 내 나이 들면서 내가 말한 것에서 벗어나는 일은 별로 없었지.

시민1 그렇다면 이번 뉴스는 자네의 생각에서 벗어나는 것이겠군.

시민2 그렇지. 어제는 자네가 말한 내용의 뉴스가 아니었다네.

시민3 그런가? 무슨 사건이 나왔길래 그렇지?

시민1 말 그대로 특집이었지. 일반적인 뉴스가 아니라 따로 특별히 편성이 되었어.

시민2 사실 뉴스는 아니지. 아나운서가 나오고 몇 가지 영상을 보여주었지만 이번에는 인터뷰도 했으니까.

시민3 당최 무슨 소리를 하는 건가? 자세히 말해보게.

시민1 어제 뉴스는 지금 우리나라에서 일어나고 있는 시위에 대해서 집중적으로 다루었지.

시민3 지금 광장에서 일어나는 시위 말인가?

시민1 그렇지. 역사방송에서 그 시위에 대한 내용 그리고 그 시위가 일어나는 이유에 대해서 집중 탐구를 해보았다네.

시민3 지금 시위를 하는 이유는 다양하다고 알고 있는데. 자세하게는 나도 모르겠군.

시민1 예끼, 이 사람. 사회에 이렇게 관심이 없어서야 되겠나. 자네의 무관심으로 우리는 개, 돼지에게 지배를 당할 수도 있는데. 지금 시위는 투표권과 더불어 사건들의 진상에 대해 밝히라고 하는 거지 않나.

시민3 그런가? 투표권에 대한 시위라는 것은 나도 알고 있네. 당이 지성을 가진 사람을 선별해서 투표권을 부여한다는 것 아닌가. 이제 선별된 사람들만 당의 의원을 뽑는 투표를 할 수 있고 그 의원들이 수령을 선별한다는 것인데 참 문제가 많지. 모든 국민들에게 부여하는 투표권을 당원만 가진다는 것이 기존의 사람들에게 투표권을 빼앗는다는 소리 아닌가.

시민1 그렇지.

시민3	게다가 당원을 선별한다는 것이 나라에 몇 년 이상 거주한 외국인도 가능하다는 것인데 그 사람들이 정말 국민이 맞는가. 나도 그에 대해서는 이상한 일이라고 생각하네. 그래서 지금 사람들은 이에 대한 반발로 시위를 하는 것쯤은 알고 있네.
시민2	하지만 다른 이유들도 있지.
시민3	또 다른 이유라니?
시민2	지금까지 일어난 큰 사건들에 대한 진실을 밝히지 못하는 것에 대한 시위도 있다네.
시민3	무슨 사건 말인가?
시민1	자네도 이건 알 것이야. 옛날에 일어났던 비행기 11호 사건 말이야.
시민3	그 사건 말인가? 비행기 11호가 호이국을 거쳐 가는 하늘길을 가다가 실종되고 바다에서 발견된 그 사건. 그로 인해 그 비행기에 타고 있던 과거 공정당의 의원들이 많이 죽었지. 그래서 국회가 잠시나마 공석이 되지 않았나. 그 사건으로 인해 온 나라가 침울했고 모두가 슬퍼했지. 그리고 혼돈이라는 엄청난 파도가 나라에 들이닥쳤고. 그래서 수령과 국회의원들이 모두 힘을 합쳐 질서를 확립하기 위한 당이라는 것을 설립했지. 그리고 군인과 경찰들도 긴급하게 당원을 임명했고.

시민1	잘 알고 있구만. 그리고 우리는 그 사건의 진실을 아직도 알지 못하고 있지.
시민3	그런가? 당이 비행기의 기계적 결합이라고 발표를 했던 것 같은데?
시민1	그런데 그 사건에 대해 어제 뉴스에서 다뤘지. 아주 다른 관점에서 말이야.
시민3	우리가 모르는 진실을 밝혔나? 왜 그 일이 일어났는지? 어떻게 된 것인지 알아낸 것이야?
시민1	뉴스에서는 명확하게 말하지 않더군. 다만 사건에 대한 전문가들에 대한 분석이 있을 뿐이야. 모두 이상하다고 말하고 있지.
시민2	그렇지. 비행기가 추락했는데 그 비행기가 떨어진 곳에 어떤 언론도 출입을 금지하고 공개를 하고 있지 않지. 참 이상하지 않나.
시민3	그건 나도 그렇게 생각한다네.
시민1	원래 뒤가 구린 사람일수록 비밀이 많은 것이지. 사고에 대해 정확한 조사와 분석을 해야 하는데 그 모든 것을 숨긴다는 것이 이상하지. 왜 그것을 숨길까.
시민2	게다가 원래 비행기는 사고가 일어나더라도 기록한 것을 찾고 볼 수 있지. 자동차의 블랙박스 같은 것이야. 그런데 당은 그 자료를 공개를 하지 않았지. 시민들이 지나치게

슬픔에 빠질 수 있다고 말하면서.

시민3   그런데 그것을 왜 어제 뉴스에서 다뤘다는 것이야?

시민1   새로운 증인들이 나왔지. 사고 지역의 사람들이 멀리 해안선에서 나와 비행기로 날아가는 긴 불빛을 보았다는 것이야. 몇 명이 아닌 수십 명의 사람들이.

시민3   정말인가? 한두 명이야 그럴 수 있지만 여러 명이 봤다는 것은 거짓으로 받아들이기 힘들 거 같은데. 그 불빛이 어디서 날아온 것이야?

시민2   그것이 참 흥미롭지. 날아온 방향이 호이국이라는 것이야.

시민3   호이국이라니. 그 나라에서 날아온 발사체가 비행기를 폭격한 것이야?

시민1   뉴스에서는 그렇다고만 하지 별다른 추측은 말하지 않았다네.

시민3   세상에. 어찌 그럴 수가 있나. 사실이라면 정말 큰일이겠군.

시민2   그런데 이게 단지 끝이 아니란 거야.

시민3   또 뭐가 있나? 까도 까도 나오는 양파와 같은 사실이 있나?

시민2   지금 우리가 맞고 있는 백신이 있지?

시민3   그 백신 말인가? 하기야. 갑자기 감기 백신을 맞고 의문의 죽음을 당한 사람들이 너무 많은 것은 알지. 나도 맞았는데 거의 죽을 만큼 아팠어. 열이 펄펄 나고 몸살이 얼마나 심한지 저승사자가 나에게 다가오는 것을 느꼈다니까.

시민1   그것도 사실은 호이국에서 들여왔다는 것이라고 말하고 있지.

시민3   뭐라고? 이번에도 호이국이란 말인가? 이건 또 호이국과 무슨 연관이 있다는 것이지.

시민2   이 백신이 호이국에서 들여왔다는 것이지.

시민3   오 세상에. 호이국에서 만든 백신을?

시민1   그래, 의로운 의사가 나와서 이걸 제보해서 그래.

시민3   의사가 어떻게 이것을? 설마 내가 아는 사람인가?

시민2   나는 한번 진료를 본 적이 있지. 참 착하고 친절한 의사였어. 그리고 역시나 이번에도 사람들을 구하고자 제보를 했더군. 백신이란 것은 원래 냉장보관을 해야 하는 것인데 상온으로 보관되어 있는 것이 뭔가 이상했던 모양이야. 그래서 그것의 기록을 추적해보니 원산지가 호이국으로 되어 있다는 것이지.

시민3   그렇다면 당이 수입한 호이국의 백신이 사람들을 죽였다고 생각을 할 수밖에 없겠군.

시민1   그렇지. 많은 사람들은 이미 그렇게 생각을 하고 있지. 당과 호이국 사이에서 모종의 거래가 있었다고 믿고 있다고. 그렇지만 방송에서는 아직도 확답과 같은 것은 삼가고 이렇다고만 이야기를 했지. 그래서 이 사건에 대해서는 더욱 조심성 있게 방송을 하더군.

시민2 방송에서는 그저 당에게 진실을 밝혀달라는 요청만 했어. 그리고 방송은 끝이 났지.

시민3 그렇다면 이제는 당이 시위에 대해 입장을 내놓을 일만 남았군.

시민1 그렇지. 엄청난 죽음에 대해서 원인을 찾고 대응 방안을 만들어 국민들에게 주어야 시위가 좀 잦아들지 않겠나.

시민2 당이 이상한 행동을 하지 않았으면 모든 것을 투명하게 공개하겠지. 그렇지만 그렇지가 않다는 게 참 이상하긴 해.

시민1 아마 두려워서 그런 게 아닐까 싶은데. 원래 권력을 가진 자들은 진실이 드러나는 것을 두려워하기 마련이지. 그것이 가지고 올 영향을 알기 때문이야.

시민2 그렇지만 진실이 밝혀지면 좋겠구만. 지금 시위는 너무나 거센 태풍과 같아. 잡기도 어렵고 사그라들기도 어렵지. 그래서 뭔가 걱정이 되는구만.

시민1 걱정이라니.

시민2 너무나 거세어서 통제가 불가하고 지나간 자리에 피해가 생기면 어떡하나. 죽음에 대한 진실을 죽음으로 갚게 될 것 같아 그러네.

시민3 자네의 말도 일리가 있군. 그러나 아직까지는 평화로운 시위가 이어지고 있다네. 그러니 이 평화가 계속되기를 바라야지.

시민1 그렇지. 그저 아무쪼록 별일 없이 진실이 밝혀지고 대책 이 마련되면 좋겠구만.

시민3 앞은 볼 수 있지만 미래를 볼 수 없으니 우리가 할 수 있 는 것은 그저 염원을 하는 것일 뿐. 그저 평화가 찾아오 기를 기도하세. (기도한다)

시민1 그렇지. 신이 있다면 우리나라에 축복을 내려주기를. (기도한다)

시민2 부디 더 이상의 죽음은 우리를 찾아오지 말기를. (기도하 고 모두 퇴장)

1막 2장

광장

마루, 고이, 윤슬, 그리고 시위대 등장. 시위대 중 몇몇은 깃발을 들고 있고 몇몇은 현수막을 들고 있다. 무대 중앙 단상이 있다. 마루가 단상에 올라선다.

마루 안녕하십니까. 저는 마루라고 합니다. (시위대 박수) 오늘도 저희와 함께해주신 여러분들께 감사의 말씀을 드립니다. 모두가 바쁘신 와중에도 이렇게 자유를 위해 함께해주셨다는 것에 깊은 감사를 드립니다. 지난 며칠간은 시위를 하는 분들이 많지 않았지만 오늘은 많은 분들이 광장을 채워주셨습니다. 수만 명의 여러분들이 모였고 광장은 단순한 장소가 아닌 열망으로 가득 찬 사람들로 채워졌습니다. 참으로 기쁘고 감사하게 생각합니다. (군중들 박수) 이 운동은 자유를 위한 것입니다. 당이 모든 사람에게 투표권을 주지 않는 행동에 대한 반발, 그리고 당이 숨기는 진실을 밝히기 위해 하는 운동입니다. 자유와 진실을 위한 일에는 큰 노력이 뒤따릅니다. 제아무리 당이 우리를 무시하고 막으려 해도 우리는 나아갈 것입니다. 두려움 없이, 걱정 없이 당을 향해 나아갑시다.

고이, 윤슬   나아갑시다!

군중   나아갑시다!

마루   크게 외쳐주셨으면 좋겠습니다. 투표권을 돌려주어라!

고이, 윤슬, 군중   투표권을 돌려주어라!

마루   진실을 밝혀라!

고이, 윤슬, 군중   진실을 밝혀라!

마루   우리의 요구에 응답하라!

고이, 윤슬, 군중   응답하라!

마루   시위는 오래되었지만 저는 기적이 일어날 것이라는 희망을 가지고 있습니다. 여러분들 덕분에 우리나라는 희망찬 미래를 앞두고 있습니다. 오늘을 기점으로 시위는 더욱 커지고 영향력이 생길 것입니다. 모두 함께 역사를 씁시다. (마루, 고이, 윤슬 먼저 퇴장. 그 뒤로 군중들이 함성을 지르면서 퇴장)

마루, 고이, 윤슬 등장

마루   옛날에는 우리만 시위를 했지만 이제 사람들이 많아졌어.

고이   정말 다행히야. 당이 우리나라를 독재로 만들려는 사실에 대해 알게 되었고 반대하는 사람이 많아진 것 같아.

윤슬   정말 가슴이 벅차올라. 그동안 적은 학생들만 활동하던 것을 생각해보면 얼마나 외롭고 슬펐는데.

고이   이 모든 것이 방송이 나오고 나서부터인 것 같아. 그 방송이 조용하고 잔잔한 연못과 같은 우리 사회에 진실이 담긴 돌을 던져 거대한 파장을 일으켰어.

윤슬   그 파장으로 연못의 물이 뒤집어지고 깨끗한 물이 뒤섞였으면 참으로 좋겠다.

마루   분명 그렇게 될 것이야. 우리가 이렇게 열심히 하는데 반드시 사회는 바뀌겠지. 우리 때 독재를 막지 않으면 분명 다음 세대는 당의 지배 속에서 살게 될 테니까. 그렇게 된다면 사람들은 스스로 사는 게 아니겠지. 당의 통치 아래서 자유롭게 산다고 생각하는 꼭두각시 인형이 될 텐데. 오, 그건 말이 안 되지. 절대 일어나서는 안 돼.

윤슬   그렇게 된다면 정말 끔찍할 거 같아. 매일 자유 속에서 사는 것이 아니라 당의 명령 속에서 살 테니까. 우리가 숨 쉬는 것, 마시는 것, 먹는 것 모든 것을 통제하려 할 텐데 그럴 바에는 나는 길가에 사는 고양이나 강아지처럼 살 것 같아. 길고양이와 강아지는 배는 고파도 자유를 가지고 있잖아. 몸이 배불러도 영혼이 배부르지 않으면 그긴 사는 깃이 아니시.

고이	제발 우리의 염원이 이루어지기를. 우리가 이루고자 하는 것은 언제 우리에게 오는 것일까.
마루	성공이 우리에게 오지 않았다면 우리가 성공을 향해 달려나가야지. 그 길이 가시밭길이고 멀지라도 우리 앞에는 희망이 있으니까.
고이	형은 우리의 등불이야. 이 모든 시위를 시작하고 만들었으며 길을 비추어주니까.
윤슬	난 정말 오빠가 대단하다고 생각해. 학생의 나이에 이 일을 시작했잖아.
고이	맞아. 이 일을 처음 하는데도 마치 오랫동안 한 것처럼 질서 있고 강단 있게 행동을 하잖아.
마루	칭찬 말어. 난 그저 관심이 가고 마음이 가는 대로 한 일인걸. 뭐든 관심을 갖게 되면 알게 되고 잘하게 되는 법이지. 오히려 난 너희에게 고마워. 날 이렇게 따라주다니. 가시밭길을 같이 걸어주는 너희 덕분에 지금까지 하고 있는거야.
윤슬	아니야. 우리는 그저 이제야 눈을 뜬 심봉사와 같은걸. 지금 상황이 무슨 문제가 있는지 아무것도 몰랐지만 지금 무슨 문제가 있는지 명확히 인식하였어.
고이	우리가 이 시위를 하지 않고 가만히 있었다면 훗날 시위를 하지 않은 자신을 후회하면서 살았을 거야. 그러니 우

리에게 길을 알려준 형이 더 고맙지.

윤슬 이 시위를 통해 국민이 나라의 주인이라는 것을 모두 깨닫게 되면 좋겠어.

고이 그렇지. 국민이 나라를 바꿀 수 있다는 인식이 새겨지는 한 걸음이 되기를 바라.

마루 꼭 우리가 염원하는 미래가 그려졌으면 좋겠어. 자유가 살아 숨 쉬고 정의가 부정을 이기는 사회가 어서 되어야 지. 그러니 그때까지 우리는 열심히 하자. (모두 퇴장)

1막 3장
당 내부

수령과 란 의원장, 그리고 의원들이 들어온다.

수령 어리석은 파리들이 자꾸 당을 침략하려 하는구려. 폭도들이 우리를 끌어내리고자 잘 정리된 사회를 흔들어 무너뜨리려 하고 있소. 이에 대해 다들 어떻게 생각하시오?

란 죄송합니다. 수령님. 이게 모두 당의 최고의원인 제 잘못입니다.

수령 아니오. 이것이 어찌 그대의 잘못이겠소. 저 폭도들이 우리의 대의를 따르지 않고 난동을 피우는 것이지. 지금 상황은 어찌 되어가는가?

란 지금 폭도들을 막고 있는 경찰이 상황을 잘 알 것 같아 경찰청장을 불렀습니다.

수령 좋소. 뭐든지 직접 경험한 사람만이 정확하게 분석을 할 수 있으니 지금은 현장을 지휘하는 청장을 불러야지.

보슬 등장

보슬　　(수령을 향해 경례) 충성!

수령　　(경례를 받는다) 충성. 청장 아주 잘 왔소 이 폭도들에 대해 들고 경험한 것을 토대로 어찌 되어가고 있는 상황인지 알려주시오.

보슬　　(가져온 종이를 꺼내어 보며) 청장 보슬. 지금 사태에 대해서 분석한 것을 말씀드리겠습니다.

수령　　어서 말해보시오. 난 도대체 저 시위의 규모가 왜 눈더미처럼 불어나고 분노가 화산처럼 폭발하는지 이유가 궁금하오.

보슬　　지금처럼 시위의 크기가 커지기 이전에도 시위하는 자들은 있었습니다.

수령　　그렇소? 나는 한번도 보지 못했는데. 내가 모르는 우리나라 상황이 있었단 말인가? 나는 우리나라에서 일어나는 모든 일을 알고 있다고 생각했는데.

보슬　　아뢰옵기 황공하오나 이전에도 작은 시위가 있었습니다.

수령　　그러한가? 어떤 놈들이 시위를 한 것이야?

보슬　　수령님께서 믿을 수 없겠지만 대학생들이 모인 단체에서 처음에 시위를 시작했습니다.

수령　　뭐라고? 대학생? 그 머리에 피도 마르지 않은 것들이 무엇

	을 안다고 시위를 하는 것이야. 세상을 제대로 경험하지 못한 순수한 영혼이자 이제 갓 사회에 발을 내디뎌서 나아갈 녀석들이 시위를 한다고? 이해할 수 없군.
란	아마 제대로 교육을 받지 않고 놀기만 하던 아이였을 겁니다. 그러니 아무것도 모르고 수령님의 뜻에 반대를 하는 것이라 생각이 됩니다.
수령	그래. 분명 그렇겠지. 아마 학교 교육에서 낙오되어 잘못 배운 것일 거야.
보슬	조사해본 바에 의하면 처음 기획한 학생은 마루라고 하는 학생으로 처음 시위를 만들고 조직한 학생입니다. 이 학생이 처음 당의 투표권을 반대하는 시위를 만들어 매일 시위를 했습니다. 처음에는 참여하는 사람들이 적어 시위의 규모가 작았지만 날이 갈수록 학생뿐만 아니라 일반 사람들도 시위에 참여했습니다.
수령	대학생의 시위에 이렇게 많은 사람들이 참여를 하다니. 그런데 단순히 시간이 그들을 모이게 하지는 않았을 텐데?
보슬	그렇습니다. 최근 역사방송의 특집방송이 방영된 이후 이 시위의 규모는 더욱 커진 것으로 집계됩니다.
수령	(목소리가 커지며) 그 고얀 녀석들! 그 녀석들은 평소에도 사사건건 내 행동에 대해 불만을 품고 시기하던 언론이 지 않나? 내가 콩으로 메주를 쑨대도 잘못했다고 말할

극악무도한 녀석들 아닌가?

란 　맞습니다. 개와 고양이가 서로를 이해하지 못하고 으르렁 거리며 싸우듯 저놈들은 우리를 음해하고 있습니다. 그래 서인지 꼴에 언론이랍시고 지속적으로 당을 거냥하는 기 사를 만들어 우리를 향해 화살처럼 쏘고 있습니다.

수령 　그런데 이번에는 또 무슨 일을 했단 말인가?

란 　이번엔 특집이라며 우리의 모든 행동을 비난했습니다.

수령 　어떻게 말인가? 그놈들이 무슨 방송을 했어?

란 　특집이라고 나온 뉴스에서는 전문가들을 초청하여 당원 만 투표권을 가지는 것을 비판했습니다. 그러면서 감히 최근의 의원선거를 당원만 투표했다고 부정선거라고 주장 했습니다. 또한 비행기, 백신 피해자에 대해 다양한 소문 들을 보이며 그 사건들은 형님의 나라인 호이국의 입김이 닿았다고 언론에 내보냈습니다.

수령 　당원만 투표하는 것은 그럴 수 있다고 치자. 그런데 비행 기와 백신에 대해서는 내가 모두 답을 주지 않았나?

란 　그러나 국민들은 그것이 모두 의심스럽고 미심쩍다며 오 히려 언론을 믿고 있습니다. 안전을 위한다며 모르는 것 이 약이라는 당의 말을 믿지 않고 한낱 달콤한 선동의 놀 아나는 멍청한 놈들입니다. 그렇게 역사방송의 선동이 잘 먹혔는지 많은 국민들이 우리를 반대하는 시위에 참여하고 있습니다.

보슬 저희가 본 바에 의하면 어떤 자들은 비행기 사고에 대해, 어떤 자들은 백신 사고에 대해서 또 어떤 자들은 투표권을 달라며 여러 가지의 팻말을 들고 시위를 합니다.

수령 (주먹을 불끈 쥐며) 이런 무지한 놈들.

보슬 (종이를 보며) 지금 저희 경찰들이 군중을 분석해보았을 때 상당한 수의 국민들이 시위에 참여하고 있습니다.

수령 얼마나 많은 사람들이 있소?

보슬 정확한 숫자는 알 수 없으나 개미 떼와 같이 뭉친 사람들을 보면 수십만 명이 모였고 길을 걸어다니기가 힘들 수준입니다.

수령 이건 음모야.

란 그렇습니다. 이건 비행기 사건으로 죽은 공정당 유족들의 음모이며 선동입니다. 겨우 사고로 인한 것을 빌미로 자신들이 권력을 차지하기 위해 애쓰는 것입니다.

수령 그렇다면 이번 시위는 반역이며 국가의 존재를 지우려는 녀석들의 축제로군.

란 다행스럽게도 수령님께서 당 주위를 경찰들로 하여금 막지 않았습니까. 이는 참으로 훌륭한 일이라고 생각이 듭니다. 지금의 우리는 거대한 댐이 바닷물을 막는 상황으로, 댐이 없었으면 분노에 찬 저들은 거대한 파도처럼 몰

러들어 우리를 공격했을 겁니다.

수령   듣던 중 다행이군. 이 나라에서 감히 반동분자들과 함께
        할 수는 없지. 저들을 어떻게 할 방도가 없는가? 우리는
        지금 독 안에 든 쥐와 같은 존재가 아니던가.

란   독 안에 든 쥐는 자신의 잘못으로 인해 빠져서 나갈 길을
        찾지 못한 것이지요. 그렇지만 우리는 다릅니다. 우리는
        잘못도 없고 우리의 터전은 충실한 경찰들이 철저하고 강
        력하게 막고 있습니다. 만약 우리가 잘못을 했다고 한들
        그것은 대의를 위한 작은 희생이지요. 그깟 멍청한 녀석
        들이야 말로 자신이 무얼 하고 어디로 가는지도 모르고
        달려드는 불나방과 같습니다.

수령   하지만 어떻게 해야 하는가? 저들을 위해 새로운 세상을
        선물하려는 우리의 마음을 어떻게 보여주어야 한단 말인
        가. 이미 저들은 눈은 분노로 인해 멀었고 머리는 이성이
        파괴되었어. 내가 무슨 말을 해도 다 거짓말로 받아들일
        것이야.

란   수령님. 너무 절망하지 마십시오. 절망이란 희망이 없을
        때 하는 것입니다. 그렇지만 우리에게는 강한 힘과 지혜가
        있지 않습니까. 그렇기에 절망을 할 이유가 없습니다. 앞
        의 돌부리가 걸리적거린다고 덩치 큰 호랑이가 무서워하
        는 것이 말이 되는 것입니까? 둘러 가는 방법도 있고 돌을

	차버려 길을 만드는 방법도 있습니다. 그러니 걱정하지 마시지요. 제게 좋은 생각이 있습니다.
수령	어떤 방법을 생각하고 있는 것인가? 자네는 너무 박식하여 충분히 창의적으로 문제를 해결할 수 있을 것 같네.
란	아직은 생각만 하고 있지만 결국 수령님과 우리에게 도움이 되는 방향으로 일을 처리할 것 같습니다. 자세한 것은 나중에 말씀드리지요. 낮말은 쥐가 듣고 밤말은 쥐가 듣는다 하지 않았습니까. 제가 여기서 말하는 것은 모두 누군가가 들을 것이고 이 사실이 퍼져나갈 수 있으니 저는 입을 조심하겠습니다. 입으로 흥한 자 입으로 망할 수도 있으니 저희 같은 정치인들은 입을 조심해야 하지 않겠습니까.
수령	훌륭하네. 자네가 무슨 생각을 하고 있는지 모르겠으나 나는 자네를 믿겠네. 분명 이 사건을 해결할 수 있겠지.
란	믿고 맡겨주셔서 감사합니다. 한 달도 되기 전에 이 사건에 대해 정리를 할 수 있도록 하겠습니다. 그것이 어떤 형식이든 수단과 방법을 가리지 않고 해결하겠습니다.
수령	그래. 꼭 정신을 차리고 이 사건을 해결하도록 하게나. 나라를 평화와 질서로 유지하고 당의 위엄을 뽐내기 위해서 이 사건은 반드시 해결해야만 하네. 저 폭도들에게 끌려다니는 것은 당의 체면에 어울리지 않으며 우리의 힘을

과소평가한다는 것이지. 그러니 본때를 보여주어 다시는 이런 일이 발생하지 않도록 해야 하네. 그러니 보슬 청장은 조금만 더 고생을 하시오. 우리 당이 경찰들에게 수고와 감사를 보답하기 위해 이 시위를 멈출 테니.

보슬 네, 수령님. 감사합니다. (퇴장)

수령 (의원들을 보며) 자네들도 명심하게. 당이 있어야 그대들이 있는 것이야. 그러니 온갖 수단과 방법을 가리지 말고 시위를 해산시키시오. (퇴장)

란 명심하겠습니다. (의원들에게) 다들 이 일에 대해 모든 사력을 쏟아부으시오. 지금 여러분의 자리를 마련해준 것은 방금까지 이 자리에 있던 수령님이오. 수령님이 없다면 그대들은 그저 한낱 볼품없고 힘도 없는 의원이었을 것이오. 그러나 지금은 누구보다 위용 있고 용감한 당의 의원들이오. 그러니 수령님의 은혜에 보답하는 마음으로 수령님의 명령을 따라 주어진 길을 차근차근 따라오면 되는 것이오. 그대들이 수령님에게 보답을 하는 방법은 그뿐. 그것이 그대들이 할 일이며 앞으로 지속적으로 위대한 당원이 되는 방법이오. 그러니 어서 가서 할 일들을 하고 저 몰상식한 시위를 끝내도록 노력하시오. 수령님의 마음이 잔잔한 호수처럼 평안해지도록. (퇴장)

의원들 알겠습니다. (퇴장)

1막 4장
공항

가람, 누리 등장

가람 이 가슴 뛰는 기분, 정말 오랜만에 느끼는 감정입니다. 당신을 하염없이 기다리던 30년 전 그날이 다시 생각이 나요.

누리 당신이 나를 기다리던 그 커다란 소나무 아래에서였나요? 집 앞에서 주인을 기다리는 강아지처럼 내가 나오기를 기다리던 그때였나요? 아니면 여행을 떠났다가 다시 돌아와 나를 반기던 그때였나요?

가람 (누리 손을 잡으며) 그 모든 순간, 당신이 내 눈앞에서 보이지 않아 광명을 찾지 못했던 수많은 때가 그 기분이었지요. 나의 곁을 따스히 반겨주던 온기를 찾지 못하고 추위 속에서 벌벌 떠는 불쌍하고 가련한 어린 양. 그것이 그대를 기다렸던 나와 같았습니다. 언제나 그대가 다시 내 곁에 오기를 오매불망 기다렸습니다. 그렇지만….

누리 그렇지만?

가람	언제나 당신은 나를 버리지 않고 다시 찾아왔지요. 그래서 나는 희망을 가슴속에 품고 그대가 다시 나오기를 기다렸습니다. 그러면 결국 당신은 환한 웃음으로 나를 반겨주었지요.
누리	그리고 당신도 나를 보고 세상 누구보다 행복한 표정으로 바라보았지요.
가람	오늘은 그와 같이 설레고 기쁜 날이에요.
누리	그래요. 나봄이가 그 머나먼 나라에서 다시 돌아오는 날이니까요.
가람	우리의 소중한 딸이 차갑고 무서운 해외에서 떠나 평화롭고 안정된 가정으로 복귀하는데 이와 같은 행복이 또 어디 있을까요.
누리	당신이 이렇게 기뻐하는 것은 정말 오랜만에 보아요. 물론 나도 그렇고요. 우리는 지금 기쁨의 바람에 취했어요.
가람	이 기쁜 감정이 바람이라면 나는 정말 반가운 마음으로 그 바람을 맞겠습니다. 집채만큼 크고 강하게 나를 날려버리면 좋겠어요.
누리	그렇지만 나는 너무 걱정이 돼요.
가람	어떤 것이 말이에요?
누리	외국에서 2년 동안 혼자 지냈는데 그 시간이 얼마나 외롭고 힘들었겠어요. 어른이 되었지만 아직 내 눈에는 여린

마음을 가진 소녀라고요. 그 어린것이 그곳에서 고독과 함께 눈물을 흘렸을 것을 생각하니 가슴이 아파요.

가람 여보, 오늘은 기쁜 날이에요. 너무 걱정 말아요. 당신의 그 걱정을 지워버릴 만큼 나봄이는 강하고 씩씩하게 우리를 향해 걸어올 것입니다. 나봄이의 눈물은 그저 그 아이를 강하게 만들었을 것이고 아픔은 더욱 성숙하게 만들었을 겁니다. 그러니 우리는 나봄이를 향해 고생했다는 격려와 수고했다는 위로와 성공했다는 박수를 쳐주면 되는 것이지요.

누리 그렇겠지요?

가람 그럼요. 우리가 나봄이 없이도 잘 살았다는 것을 보여주어야 나봄이도 더 힘이 나지 않겠어요?

누리 그래요. 그 아이가 더 힘들었을 텐데 우리가 힘이 빠진 모습을 보여주는 것은 좋지 않죠. 그런데 나봄이가 우리를 보자마자 울음을 터뜨려 서러움으로 가득 찬 감정의 댐을 터트리면 어떻게 하죠?

가람 걱정 말아요. 그때는 그저 따뜻하게 나봄이를 안아줍시다. 부모는 자식에게 사랑을 주고 믿음으로 기다리면 되는 것이지요.

누리 그래요. 그동안 받지 못했던 부모의 사랑을 오늘은 그 이상으로 주어야지요. 그것이 연고도 없는 타지에서 고생한 것에 대한 보상이 되면 좋겠군요.

나봄 등장

나봄 (손을 들고 인사한다) 어머니, 아버지! (누리, 가람 달려가서 나
봄 안는다)

누리 오, 세상에서 가장 예쁜 우리 아기.

가람 드디어 왔구나. 오랫동안 기다렸다.

나봄 언제부터 여기에 나와 계셨어요? 너무 오래 기다리신건
아니지요?

누리 우리 아이가 오는데 어떻게 일찍 나오지 않겠니. 마음이
야 하루 전에도 나오고 싶었지만 비행기가 야속하게도 정
시에 오는구나.

나봄 어머니, 비록 제 몸은 정시에 왔지만 저의 영혼은 하루 전
날, 아니 일주일 전부터 왔어요. 나의 고향 그리고 나의
나라에서 어떻게 살지 매일 생각했는걸요.

가람 나도 그렇단다! 나봄이를 생각하며 매일을 어떻게 보낼지
그리고 어떻게 너를 웃게 해줄지 생각을 했단다.

나봄 그렇다면 우리는 지금 만났지만 일주일 전부터 영혼이 함
께했군요. 어쩐지 제 마음이 충만하고 풍족하다는 것을
며칠 전부터 느끼기 시작했거든요.

누리 다행이구나. 유학 생활은 힘들지 않았니? 다른 문화로 힘

들지는 않았어?

나봄　힘들 게 뭐 있나요. 새로운 세상은 저에게 늘 다른 시각을 가지게 하는 좋은 기회인걸요. 기존의 시선을 다른 곳으로 돌리고 새로운 것을 많이 배웠는걸요. 저는 정말 재미있었어요.

누리　그곳 사람들은 너를 착하게 대해주었니? 누가 괴롭히는 사람은 없었니?

나봄　어머니, 다 괜찮았어요. 누가 저를 괴롭힌다고 그래요.

가람　다행이구나. 여보, 나봄이는 아직 시차도 제대로 적응하지 못했을 텐데 피곤할 거예요.

누리　그렇겠구나. 내가 그 생각을 못 했네. 더 자세한 건 집에 가서 이야기하자꾸나.

나봄　걱정 말아요. 비행기에서 잠을 많이 자서 몇 시간이 걸리는 비행기가 순식간에 지나갔어요. 얼마나 많은 꿈을 꾸었는지 사실 지금 제가 이곳에 있는 것도 꿈만 같아요. (누리와 가람을 보며) 어머니, 아버지. 제가 정말 현실에 있는 것이 맞지요?

가람　(나봄의 볼을 살짝 꼬집으며) 지금이 꿈이라면 이게 아프지 않겠지?

나봄　글쎄요. 아버지의 손에 사랑이 가득해서 아픈지 모르겠는데요? 내가 아직도 꿈을 꾸고 있나?

가람	무슨 소리! 지금 이 아비의 사랑을 받는 것은 꿈이 아닌 현실이라는 것이지. 꿈속의 아버지도 감히 현실에서 나의 사랑에 비하면 태산 앞에 돌이요, 바다 앞의 강, 태양 앞의 불이지. 나의 사랑보다 크고 진실된 것은 없어.
나봄	제가 이 소리를 들으니 그제서야 현실에 왔다는 실감이 나네요. (누리, 눈에서 눈물이 나서 손으로 닦는다) 어머니, 어째서 눈물이 나오는 거에요? 이건 기쁨의 눈물인가요, 슬픔의 눈물인가요.
누리	(고개를 뒤로 돌리며) 아니다. 잠시 군인이었던 너의 오빠가 생각이 나서 그렇단다. 그 아이도 함께 이 자리에 있었으면 좋았을 것을.
나봄	어머니….
누리	미안하구나. 이 좋은 날에 내가 무슨 말을.
가람	(누리를 안으며) 아니에요. 나도 우리 아들 생각을 하면 눈물이 나는걸요.
나봄	저도 다시 우리나라로 왔는데 오랜만에 오라버니를 보고 싶네요. 부모님을 뵈었으니 이제 오라버니를 볼 차례인 것 같아요.
누리	그래, 봐야지. 다 같이 모이는 것도 오랜만인데 보자꾸나.
가람	그래요. 자 어서 가자. 오라버니도 반갑게 너를 맞이할 것이다.

도두, 마루 등장

도두   나봄이 왔구나.

마루   어서 와. 오래 기다렸어. (나봄과 안는다)

나봄   마루! 정말 오랜만에 보네. 몇 년 만이야?

마루   같은 공간에 있었던 것으로는 2년이지만 같은 시간에 있었던 것으로는 일주일 정도 되었지. 멀리서도 우리는 화상으로 얼굴을 보았잖니.

나봄   얼굴을 본 지 일주일밖에 되지 않았다니. 우리가 보지 못한 사이 산은 옷을 바꿔 입었고 강은 자신의 길을 바꾼 것과 같이 오래 지난 것 같은데 생각보다 시간이 짧았구나.

마루   나도 너를 보지 못했던 그 시간이 영겁과 같이 긴 시간인 것 같았어. 그래도 우리가 그렇게 서로를 원했기에 지금 다시 볼 수 있는 것 같아.

가람   이것 참 눈물겨운 사랑의 상봉이구려. 아비로서 딸에게 질투를 하지 않을 수 있나. 이 아비보다 남자친구를 더욱 그리워한 건 아니겠지?

나봄   아이 참. 그런 말씀 마세요. 제 마음속 가장 소중하고 깊은 사랑을 줄 수 있는 것은 아버지와 어머니밖에 없으니까요.

누리   (나봄을 안는다) 다행이구나. 나도 마루에게 질투를 할 뻔 했으나 네 말이 나를 안심시켜주었구나.

나봄   그나저나 마루는 요즘 힘들게 사는 것 같던데. 저 멀리 외국에서도 너의 소식을 들을 수 있을 정도야. 자세히는 알 수 없지만 무슨 시위를 하고 있고 네가 시위의 상징과 같은 존재라며.

마루   뉴스를 보았구나. 그렇게 볼 수도 있지만 우리나라에서 일어나는 시위는 내가 하는 게 아니야. 모두가 참여하고 활동하고 있지.

나봄   나도 역사방송을 보았어. 거기서 제기하는 문제가 무엇인지 알았고 네가 우리나라의 자유를 위해서 시위를 한다는 것도 알았어. 정말 대단한 것 같아. 마치 강한 신념을 가지고 나라를 지키기 위해 전쟁에 나가는 장군과 같아 보여.

마루   칭찬 고마워. 나와 우리의 고향인 이 나라를 위한 일이라서 하는 것이지. 난 자유로운 세상에서 살고 싶거든.

도두   하지만 이 아버지 된 입장에서는 마루가 참으로 걱정이 된단다. 취지는 이해가 가고 목적도 분명하지만 한 개인이 거대한 나라와 체제와 싸우는 것은 여간 힘든 일이 아니거든. 아버지로서 도움이 되고 싶으나 내가 할 수 있는 일이 없는 것이 안타깝구나.

도두   걱정 마세요. 아버지는 병원에서 환자를 보는 의사잖아요. 아픈 사람들을 치료해주세요. 저는 아픈 나라를 치료할 테니까요. 우리 어머니가 비행기에서 돌아가신 이유를 꼭 밝혀내겠어요.

나봄 (부모를 보며) 아버지와 어머니는 시위에 참여하지 않으세요?

가람 딸아. 나는 군인이기에 정치에 참여해서는 안 된단다. 그저 맡은 임무를 다해 나라를 지켜야지. 게다가 나는 당의 고위당원인데 그런 일에는 조용히 있어야 한단다.

누리 나는 공무원이라 파업을 통해 시위에 참여한단다. 그렇지만 나의 파업이 얼마나 도움이 될지는 모르겠구나. 모든 공무원이 동참해야 하는데 나만 홀로 파업을 하는구나.

나봄 어머니, 아버지는 어쩔 수 없군요. 그렇지만 많은 사람들이 시위에 참여할 정도로 지금 나라에 큰일이 벌어지고 있군요. 저도 이 사건에 대해 조금 더 자세히 알아봐야겠어요.

마루 그래. 나봄아. 일단은 집에서 쉬는 게 좋을 것 같아. 오느라 많이 힘들었을 텐데 지금은 집에서 푹 쉬렴.

가람 그러자꾸나.

누리 어서 집으로 가요. 나봄이를 위한 푹신한 침대와 보들보들한 인형들이 집을 가득 채우고 있단다. 어서 그 속으로 들어가 행복한 시간을 보내렴.

나봄 좋아요. 어서 가보아요. (모두 퇴장)

2막

2막 1장
광장

여울, 새결, 경찰들 등장

여울   아유, 오늘도 이 뙤약볕에 서 있기만 하네. 요즘 생각하는데 나는 내가 경찰이 아니라 허수아비가 아닐까 하는 생각이 들어.

새결   나도 그래. 그런데 허수아비와 우리는 조금 다르지. 허수아비는 늘 웃고 있지만 우리는 늘 울상을 짓고 있잖아. 제아무리 비가 오고 눈이 와도 밝은 모습인 것이 허수아비라고. 그렇지만 우리는 웃기가 힘든 존재지. 이 덥고 힘든 상황에서 웃을 일이 있을까.

여울   우리가 웃음이 아니라 울상을 지어서일까. 나에게 곡식을 쪼아먹는 참새 한 마리도 오지 않으니.

새결   참새는커녕, 개미 한 마리도 오지 않지. 그렇지만 사람은 많이 오지 않나. 매일 같은 사람들이 같은 시간에 오니 나도 이제 누가 누군지 외울 수 있을 것 같아.

여울	그렇지. 오늘도 깃발을 든 사람들이 나오겠지. 그리고 대장과 같아 보이는 사람이 나올 거야. 그리고 그 대장은 큰 목소리로 사람들에게 영감을 주고 사람들은 그의 목소리에 열광을 하며 동조하겠지. 어때, 내 말이 맞지?
새결	맞지. 매일이 같아. 저들의 모습도 처음에야 흥미롭게 보았지만 이제는 재미가 없어.
여울	나는 이럴 거면 차라리 이곳에다 벽을 세워두는 게 낫지 않나 생각한다니까.
새결	나도 그렇게 생각하지. 벽이라면 얼마나 좋을까. 시위하는 사람들은 총구로 위협을 당하지 않고 우리는 이렇게 힘들게 여기 서 있지 않고 당은 자신을 향해 다가오는 시위대를 막을 수 있는데.
여울	그나마 다행인 것은 여기서 가만히 있을 수 있다는 거야. 혹시나 시위대가 우리를 공격한다고 생각해봐. 우리는 그걸 맞고만 있을 수밖에 없잖아.
새결	그것도 나름 다행이라고 생각하지. 만일 저 사람들이 우리를 때린다면 우리는 아무 소리도 내지 못하고 맞을 수밖에 없는걸. 총구는 나를 공격하는 적을 향해 가리키라고 배웠잖아.
여울	그렇지. 우리나라의 적은 외국에 있을 텐데. 왜 총을 가지고 있는지 정말 모르겠어.

새결	글쎄. 어쩌면 우리 위에 있을 수도?
여울	(고개를 들며) 저기 날아다니는 제비?
새결	아니. 제비는 계급으로는 우리보다 아래인걸. 그거보다 더 위.
여울	그보다 더 위라니. 저 높은 독수리 말하는 것이야?
새결	알면서 모르는 척을 하는 건가, 아니면 진짜로 모르는 거야?
여울	아하. 설마 우리를 이렇게 배치하고 힘든 노동을 시키지만 자신은 시원한 방 안에서 우리를 관찰하는 그분?
새결	(손을 입에다 가져가며) 쉿. 조용히 해. 더 말하면 너는 감옥에 갈 수 있으니. 그분을 모욕하는 것은 한낱 경찰이 해서는 안 되는 일이지.
여울	그렇지. 내가 감히 어찌 높디높은 그분을 입에 올릴 수가 있을까.
새결	다행히 그분의 존함을 실제로 부르지 않았으니 아무도 알 수 없을 거야.
여울	그렇겠지? 만약 이것으로 누군가가 화를 낸다면 나는 죽은 목숨이겠지. 화를 내지 않는다면 나는 산 목숨이고. 오, 나의 목숨이 그분의 기분에 따라 결정되다니 이 얼마나 가련하고 힘없는 닭 한 마리인가.
새결	나약한 우리가 뭘 어떻게 할 수 있을까. 자리나 지키자고.

시위대의 모습을 한 군중들 등장. 팻말을 든 사람, 야구방망이를 든
사람, 쇠 파이프를 든 사람, 각목을 든 사람들이 나타난다.

여울   저게 무엇이지? 지금까지 나타났던 것과 다른 시위대인데?

새결   팻말은 같으나 손에 든 저것들은 무엇이지. 저 흉기들은
          어디에 쓰려고 가지고 온 것이야?

하양   진실을 밝혀라.

군중   진실을 밝혀라.

하양   모두에게 투표권을 부여하라.

군중   모두에게 투표권을 부여하라.

군중들이 경찰들을 공격한다. 순식간에 몇몇이 쓰러진다. 그리고
군중들 퇴장.

새결   (쓰러진 여울을 보며) 여울아 정신 차려. (손에 묻은 피를 보며)
          오, 세상에 이 붉은 것은 무엇인가. 저 천하의 악독한 녀
          석들! 우리에게 폭력을 휘두르다니.

여울   (머리를 잡으며) 나는 괜찮아. 이게 대체 무슨 일이지?

새결   정신줄을 놓은 시위대가 우리를 순식간에 공격했어.

여울   나 좀 일으켜줘. 바닥과 등지고 누워 있으니 몸은 편하지
          만 마치 내가 죽은 것과 같은 기분이 들어서 말이야.

새결   일단 너는 지금 일어설 상태가 아니야. 아직은 조금 더

누워 있어도 문제가 없어. 무리하지 마. 하늘과 함께하는 것은 조금 더 정신을 차리고 해도 늦지 않으나 지금은 땅과 함께해.

마루, 나봄, 그리고 시위대 등장

마루 진실을 밝혀라. 진실을 밝혀라.

시위대 진실을 밝혀라. 진실을 밝혀라.

마루 투표권을 모두에게.

시위대 투표권을 모두에게.

마루가 경찰들을 발견하고 가까이 다가간다.

마루 이게 어찌 된 일입니까? 많이 다치셨습니까?

새결 (뒤로 물러서며 총구를 겨눈다) 이 악마 같은 놈. 네놈들의 시위대가 그러지 않았나. 그러면서 지금 다가와서 하는 소리가 괜찮냐고? 병을 주고 약을 주는구나. 네놈들이 저지른 일에 대해서 나는 용서할 수 없다.

마루 대체 무슨 소리입니까? 이야기를 합시다.

새결 이야기를 하고 싶으면 먼저 말로 했어야지. 지금은 늦었다. 어서 썩 꺼지지 못해? 그러지 않으면 당장 이 총을 쏘겠다. 네놈들 때문에 경찰들이 해를 입었어.

마루	이해가 되지 않습니다. 총을 내려놓고 자세히 설명해주시지요.
새결	한 발짝만 더 다가오면 이 총을 쏘겠다.
마루	(한 발짝 다가간다) 저희는 정말 모르는 일입니다.
새결	대화는 필요 없다. 이게 우리의 대답이다!

새결이 하늘을 향해 총을 쏜다. 뒤이어 다른 경찰들도 하늘을 향해 총을 쏜다. 군중들 혼비백산하여 도망간다.

마루	(시위대를 향해) 일단은 다들 도망갑시다. 오늘은 날이 아닌 것 같습니다. 성난 경찰들로 인해 우리가 피해를 입을 수도 있습니다. (시위대 퇴장)
나봄	경찰들이 우리를 향해 총을 쏜다고? 이런 일은 처음이야. 어떻게 경찰들이 우리를…
마루	무언가 오해가 있던 모양이야. 까마귀가 날자 배가 떨어지듯이 저들이 잘못 보고 화가 난 것일 거야.
나봄	그 오해를 풀어야 하는데. 지금 저들은 말을 할 기분이 아니겠지?
마루	그런 거 같아. 나도 이런 모습은 처음인데 차마 그들에게 가까이 다가갈 수 없네.
새결	이놈들. 아직도 도망가지 않았느냐.
마루	이크. 어서 이곳을 떠나가자.

나봄	그러자. 시간이 그들의 분을 식혀주고 감성이 이성으로 바뀌었을 때 다시 대화를 해보자. (마루, 나봄 퇴장)
새결	드디어 모두 도망갔군. 이제 저 녀석들의 얼굴이라면 꼴도 보기 싫으니 잘되었어. 일단 다친 곳을 치료하러 가자. 오늘 할 일은 부상에 대한 치료가 우선이라 생각해.
여울	그러자. 시위대도 이제 오지 않겠지. (모두 퇴장)

2막 2장
당 내부

수령, 란 등장

수령   이게 대체 무슨 일인가. 내가 정녕 제대로 들은 소식이 맞는가? 우리를 지키는 위대한 경찰들이 폭도들에 의해 공격받다니.

란   아주 극악무도한 녀석들입니다. 자신들을 지켜주며 질서를 유지하는 경찰을 저렇게 무자비하게 공격하다니요. 저 녀석들은 자신이 경찰들에 의해 보호받는지도 모르나 봅니다.

수령   이 일은 그냥 넘어갈 수 없어. 당장 경찰청장과 이야기를 해보아야겠네.

란   그렇지 않아도 지금 보슬 청장이 오고 있습니다.

수령   나를 보러 올 때 분명 발걸음이 무겁겠지. 그러나 이 모든 것은 그녀의 잘못이 아닌 것. 자초지종을 듣고 판단하겠다.

보슬 등장

보슬	(경례한다) 충성! 보슬 청장. 수령님을 뵙습니다.
수령	(맞경례를 한다) 보슬 청장. 무슨 일로 왔는지는 자네도 알 거라 생각하네.
보슬	(란을 보며) 아, 의원장님도 계시는군요.
수령	걱정 말게. 이 사태에 대해 이야기하고 있었다네.
란	나는 신경쓰지 마시게나.
보슬	알겠습니다. 수령님. 그렇다면 어제 일어난 일에 대해서 들으신 겁니까?
수령	나도 들었다네. 제발 내가 들은 것이 거짓이라고 말해주게.
보슬	죄송합니다. 저의 부하들이, 거리를 지키는 경찰들이 시위대에게 폭행을 당했습니다.
수령	자네가 미안할 게 뭐가 있나. 잘못은 저 폭도들이 했는데. 사과를 해야 하는 것은 저 폭도들이라네. 저놈들이 여기 와서 나와 자네 그리고 부하들에게 무릎을 꿇고 용서를 빌어야지. 물론 나는 그래도 용서하지 않을 걸세. (큰 소리로) 나는 폭력을 행사한 저놈들에게 세상의 모든 악독한 고문을 하고 벌을 내리고 싶다네. 그래도 분이 풀리지 않겠지만 그것이 최선의 방법이라 생각하네. 그러니

	자네는 기죽을 필요 없네. 자네의 잘못은 그저 순수하게
	당의 명령에 따른 것일 뿐이야.
란	진정하십시오. 수령님. 지금은 폭도들에게 공격당해 당의
	위신을 빼앗긴 것을 복구하는 방향을 찾아야 할 겁니다.
수령	그래, 진정하자. 나보다는 저기 보슬 청장의 마음이 더욱
	사납고 매서울 테니 나는 자중해야지. 상황은 어땠는가?
보슬	네. 정말 갑작스러운 일이었습니다. 빛같이 빠르고 순식
	간에 일어난 일이라 저희도 어찌할 수 없었습니다.
수령	그들을 잡지는 못했나?
보슬	대응을 하고 싶었으나 시위대가 쥐새끼처럼 빠르게 도망
	을 가버려 잡지 못했습니다.
란	잠깐만, 보슬 청장.
보슬	네. 의원장님.
란	시위대라고 지칭하는데 저들은 시위대가 아니야. 폭도들이
	지. 그러니 폭도라고 표현하기를. 그것이 올바른 표현이니.
보슬	네, 알겠습니다.
수령	폭도들은 어떻게 자네들을 공격했는가. 자세한 경위를 말
	해보게.
보슬	저희가 평소와 같이 광장에 벽을 쌓고 있던 와중 폭도들
	이 나타났습니다. 야구방망이와 깃발을 들고 나타난 저
	들은 기습을 통해 저희를 공격했습니다. 숫자는 그렇게

많지는 않았으나 무자비한 폭력에 저희는 당했습니다. 제 아무리 훈련을 잘 받은 경찰들이라 해도 기습적인 공격에 놀라 아무것도 하지 못하고 당했습니다.

란   참으로 안타까운 상황입니다.

수령   이런 고얀.

보슬   저희가 폭행에 당하고 어안이 벙벙해 있는 틈을 타 폭도들은 금방 달아났습니다. 그런데 그 녀석들이 다시 오는 것입니다.

란, 수령   무엇이?

보슬   폭행을 행하고 도망간 폭도들은 곧이어 다시 돌아와 평소와 같은 시위를 시작했습니다. 마치 아무 일도 없었다는 듯 아무것도 모른 듯이 시위를 진행했습니다. 그런데 저희는 알 수 있었습니다. 아까의 얼굴은 모르지만 같은 복장과 물건들을 든 그들의 모습은 같다는 것을 말입니다.

수령   저런 뻔뻔한 녀석들을 보았나. 얼굴에 얼마나 두꺼운 철판을 깔면 그토록 낯짝이 두꺼울 수 있는가. 태양의 날카로운 시선도 바람의 거센 따귀도 그 녀석들을 이길 수는 없겠구나. 그래, 그러니 저 낯 두꺼운 녀석들은 천지를 모르고 시위하며 폭력을 행사하지.

란   피해는 어떠한가?

보슬   참으로 슬프게도 경찰 몇 명은 중태에 빠지고 몇 명은 부상을 입었습니다.

수령, 란 저런!

보슬 자신들의 폭행에 대해 아무 일도 없다는 듯이 다시 시위를 하는 행태와 전우들의 다친 모습을 본 경찰들은 잔뜩 화가 나 폭도를 향해 공포탄을 발사했습니다. 그러자 그 사악한 녀석들은 해산하게 되었습니다.

수령 저런 짐승만도 못한 녀석들. 이 녀석들이 평화적으로 대해주니 이제는 파괴를 하려 드는구나. 말이 통하지 않는 자들에게는 폭력이 필요한 법. 그들에게 본때를 보여주어야 하는데 어떻게 생각하시오.

란 수령님. 백번 말씀하셔도 지당하신 말씀입니다. 당의 인내심도 드디어 한계에 다다라 끝이 난 것 같습니다. 참을 인도 세 번이면 충분하다 그렇지 않았습니까? 저희는 그동안 수령님의 말을 듣지 않는 녀석들에게 관용과 자비를 무수히 많이 베풀었지만 돌아오는 것은 폭력이니 본때를 보여주어야 한다고 생각합니다.

수령 보슬 청장. 자네의 생각은 어떠한가?

보슬 수령님. 저는 경찰들을 마치 저의 배로 낳은 자식과 같이 대했습니다. 그런데 제 자식과 같은 제 부하들이 다치는 것을 보는 마음이 어떠하겠습니까. 경찰의 본분이라는 것을 잊어버리고 오른손에는 복수를, 왼손에는 분노를 담아

저 녀석들을 갈기갈기 찢어버리고 싶습니다. 눈이 뒤집어지고 귀는 멀고 이성이라는 것은 찾기 어렵게 되어 마음 속 희로애락은 모두 재와 같이 변했습니다. 저 역시 평화의 경찰에 균열을 준 폭도들을 용서하기 어렵다 생각을 하고 그들에게 엄격한 대응을 하여야 한다고 생각합니다.

수령   자네의 슬픔은 곧 수령인 나의 슬픔이네. 이렇게 부하를 사랑하는 경찰의 부탁을 내가 거절할 수 있겠는가. 보슬 청장, 눈물을 닦고 이제 앞으로 나아가세. 슬픔에 발목을 잡혀 주저앉는다면 행동을 놓치는 셈이야. 그러니 우리는 앞으로 나아가세. 저 폭도들에게 강력한 회초리를 들고 다시는 이런 일이 생기지 않도록 하세.

란, 보슬   지당하신 말씀입니다.

수령   란 의원장. 경찰을 돕도록 우리는 법을 만드세.

란   어떤 법을 말씀하십니까?

수령   우리가 그동안 준비한 법이 있지 않는가.

란   소음금지법과 나라보호법 말씀하시는 겁니까?

수령   그렇다네. 일정 소리보다 크게 낼 시 처벌하는 소음금지법으로 시위를 하는 저자들을 모두 잡아넣게나. 그리고 나라를 보호하는 나라보호법으로 당을 위협하는 행위를 하는 폭도들을 모두 위법행위로 잡아넣으시오. 폭동에 참여했거나 참여를 돕거나 행동한 모든 자들은 공범으로 취급해 다시는 나올 수 없는 쇠창살에 가두시오.

란　　　수령님. 그렇다면 나라의 도로는 모두 경찰들이 점령하면
　　　　될 것 같습니다.

수령　　그렇지. 내가 말한 법들을 행하기 위해서는 가만히 있어
　　　　서는 안 된다네. 경찰들이 길거리를 돌아다니며 위법행위
　　　　를 하는 녀석들을 잡아야지.

보슬　　저희가 말씀이십니까?

수령　　걱정 말게나, 보슬 청장. 자네들이 힘들이지 않게 우리는
　　　　통신망을 검열하여 우리에 대한 내용을 발각하면 즉시
　　　　감시를 하면 된다네. 란 의원장.

란　　　네, 수령님.

수령　　즉시 통신회사를 압박하고 검수하여 모든 신상정보와 위
　　　　치, 모든 것을 압류수색하게나. 그렇게 보슬 청장을 도와
　　　　숨어 있는 폭도들과 세력을 제압하게나.

란　　　훌륭한 지혜와 경찰을 생각하는 자비가 성군이 따로 없
　　　　으시니 그 어떤 적도 수령님 앞에서는 무릎을 꿇을 것입
　　　　니다.

수령　　칭찬은 아직 이르네. 모든 폭도들을 잡은 뒤에 축배를
　　　　들어도 늦지 않네. 그러니 어서 가서 내가 말한 것을 시
　　　　행하게.

란　　　네, 수령님. (퇴장)

수령	보슬 청장. 모든 훈련은 이제 끝이 났네. 즉시 실전에 투입하지. 갈고 닦은 자네 경찰들의 무술과 칼날이 드디어 빛을 보는 것이야. 모든 경찰에게 실탄을 배급하게. 그리고 폭도들이 선제공격을 하기 전에 발사하라고 이르게. 시위대 모두에게 총알은 공평하게 나아갈 걸세.
보슬	네. 수령님. 충성. (경례하고 퇴장)
수령	(머리를 감싸며) 일이 이렇게 커져버렸구나. 내가 한 일로 인해 이 크나큰 나라를 뒤엎어버리다니. 참으로 머리가 아프구나. 차라리 내가 호이국과 계약하여 비행기를 폭파시키기 전, 모든 것이 시작도 하지 않은 그때로 되돌아가는 게 차라리 나았겠구나. 수령이 되고 싶어 한 계약이 악마에게 영혼을 판 듯이 달콤하지만 고통스러운 것이구나. 나의 지위가 나라에서 누구보다 높아졌지만 마음의 짐을 주었으니 이럴 거면 주위가 어지럽지 않은 한적한 숲에서 소로처럼 평안하게 살고 싶구나. 그 한 가지 계약, 단순하게 보이지만 그 한 번의 일로 인해 나는 호이국에게 얼마나 많이 끌려다녔는가. 비행기 사건으로 자신들의 말을 따르지 않으면 모든 진실을 밝힌다면서 협박을 하기에 고통스러운 나날이 얼마나 길었는가. 가벼운 바람도 보슬거리는 비도 나에게는 그저 두려움의 대상이 될 정도로 온몸을 떨었나니. 그로 인해 그들의 생체실험에 우

리 국민들을 바쳤으니 그들에게 한편으로는 미안함이 가득하구나. 그러나 주사위는 이미 던져졌고 화살은 내 손을 떠나갔다. 다시 되돌릴 수 있는 시간은 나에게 오지 않아. 이미 벌어진 일 잘 감내하고 나아가야지. 나에게는 수많은 지지자와 함께하는 자들, 그리고 거대한 국가가 있으니까. 지지하는 자들은 무한한 신뢰를, 함께하는 자들은 나를 존중하나 호이국은 나를 목줄에 걸린 강아지로 생각하네. 약점을 쥐고 있는 자는 거대한 목줄을 가지고 있지. 목줄을 벗어던지자니 그들이 밝히는 진실이 두려워 떠는 나는 참으로 비겁한 자로다. 차라리 비행기를 터트린 것은 내가 아니라 저들이라 말을 할까? 나는 그저 수령의 자리만 원했다고? 아니야. 그건 말이 되지 않아. 사람들은 필시 내 말을 믿지 않을 거야. 사실 이 모든 것은 호이국의 잘못이라고 할까? 아니야. 무슨 일이 있어도 무자비한 호이국 녀석들은 수단과 방법을 가리지 않고 내 잘못이라 할 것이야. 아아, 나는 선택지가 없다. 그저 순순히 호이국의 말을 따르는 수밖에. 진흙 속에 발을 담갔으니 빠지지 않게 나아가야지. 가만히 있으면 숨 쉴 수도 없게 더 깊이 빠지는 법. 그러니 나의 행동에 책임을 져야지. 그렇지 않으면 내 명예는 더러운 오물에 빠져버릴 것이니. (퇴장)

란

수령님, 수령님. 아이고 자리를 비웠군. 또 여자들을 보러 간 것인가. 참 웃기는 사람이야. 자신의 욕심은 당연한 것 이지만 남들의 욕심은 제한해야 올바른 사회가 된다니. 그래. 결혼도 하지 않았는데 많은 여자를 만나는 것이 어 떠하리. 만약 결혼을 하여 가정이 있다면 오늘과 같이 무 자비한 생각은 하지 않았겠지. 평화와 안정의 세계에서 사 랑을 받는 자는 저런 악독한 생각은 하지 않겠지. 그에게 더해진 분노는 마치 악마와 같구나. 자신의 권위에 도전을 하는 자들 때문에 체면이 위험을 받으니 본성이 나오는구 만. 하지만 수령. 당신은 그저 상징에 불과하지. 대중이 볼 수 있는 하나의 가면과 같다 이 말이야. 경찰들을 때린 것 은 사실 나의 계획이듯이. 경찰들을 때린 것이 시위대라고 생각하는 듯한데 큰 오산이야. 아마 경찰들을 때린 것이 내가 사주한 사람이라는 것을 알면 까무라치게 놀라겠지? 반역이라 생각할 거야. 자신의 명령 없이 독단적인 행동을 했다고. 그렇지만 나는 당신에게 악의 보충제를 첨가해주 어 당신을 더욱 강하고 무자비하게 하려는 것이지. 당에 반대하는 녀석들에게 폭력으로 인한 공포를 심어 찍소리 도 못 하게 하려는 거야. 그러니 수령, 당신은 지금처럼 그

자리에 앉아 있으면 돼. 인형처럼 대중들에게 욕을 대신 먹고 잘한 일은 칭찬을 받게 할것이니. 아참, 이 일을 알고 있는 녀석들도 처리해야지. 폭력 사태의 진실을 알고 있는 녀석들의 입을 막는 거야. 이 사건에 대한 진실이 나오면 참으로 골치가 아파지거든. 하나의 입에서 나오는 말이라도 듣는 귀는 여럿일 테니 입을 언제나 조심해야지. 진실이 나오는 입을 묻는 가장 좋은 방법은 하데스의 곁으로 데려가는 죽음이지. 육신이 무덤에 들어가 입에 흙이 들어가면 아무것도 못하는 것이야.

수령 등장

란	수령님, 오셨습니까. 아직 말씀드리지 못한 것이 있습니다.
수령	무슨 일인가?
란	경찰들이 다친 것이 참으로 염려되는 상황입니다. 하지만 최고의 공격은 최고의 방어라 하지 않았습니까. 경찰들이 앞으로 피해를 입는 것을 막기 위해 그 폭도들을 먼저 공격해야 한다고 생각합니다. 가만히 시위를 기다리지 마시고 우리가 얻은 개인정보들로 숨어 있는 폭도들을 잡아 싹을 뿌리뽑아야 한다고 생각합니다. 제아무리 영양과 물이 충분해도 씨앗이 없으면 식물이 자라지 않듯이 시위의 근본이자 군중을 모으는 녀석을 체포해야 하는

줄 아뢰옵니다.

수령 역시 나의 비상한 충신이야. 내가 아무리 생각을 하고 명령을 해도 그대가 없으면 나는 바람 빠진 풍선이오, 속이 빈 나무와 팥 없는 찐빵과 같지. 자네의 제안은 나의 명령에 감초를 넣듯 아주 맛깔나게 만들지. 내가 감탄을 하지 않을 수 없네. 그러나….

란 무엇이 문제입니까.

수령 국가가 국민을 선제공격한다면 모양새가 이상하지 않겠는가. 외부 국가들이 분명 나를 향해 비난을 일삼고 압박을 가할 텐데.

란 걱정 마십시오. 수령님. 이 행동은 시위대의 공격에 대한 정당한 대응입니다. 정 걱정이 되신다면 무기를 들었던 폭도들은 어두운 밤 모두가 잠이 들어 눈과 귀가 무뎌질 때 선제공격을 하여 몰살시키시지요. 그리고 훤한 대낮에는 다가오는 폭도들을 잡아들이면 되는 것입니다.

수령 그렇다면 무기를 든 폭도들은 신원과 거주지를 파악했는가? 그 악독한 녀석들부터 먼저 처치해야 하네.

란 그러실 줄 알고 미리 다 준비했습니다. 명령만 내려주신다면 보슬 청장이 저들을 모두 소탕할 것입니다.

수령 훌륭하네. 잡소리 없게 모든 일을 처리하게.

란 외부의 소리에 대해서는 걱정하지 마시지요. 모든 항공길과 뱃길을 차단하고 연결망을 모두 끊겠습니다. 그리고 혹여 새어나간다고 해도 무슨 상관입니까? 외부 세력을 두려워해서는 큰일을 이룰 수 없는 일입니다. 외부 국가들은 자기네 나라나 관리하라고 하십시오. 어디 감히 신성한 당에게 이래라저래라합니까. 그건 내정간섭입니다. 그러니 우리는 맡은 일을 그저 해내면 되는 것입니다.

수령   무쇠와 같이 목표를 향해 단단하게 나아가는 모습이 아주 인상 깊군. 그럼 자네만 믿겠네. (퇴장)

란   염려 마시지요. (퇴장)

2막 3장
가람과 누리의 집

가람, 누리 등장

누리   여보, 그 소식을 들었나요?

가람   무슨 소식 말입니까?

누리   그 크나큰 소식을 듣지 않은 것이면 당신은 아직 무슨 사건이 일어났는지 모르시겠군요.

가람   하루가 너무 바빠 외부의 소식을 들을 틈이 없었습니다. 무슨 일 때문에 그러십니까? 좋은 소식이면 좋겠습니다.

누리   유감스럽게도 좋은 소식이 아니에요. 거대한 폭풍보다, 집채만 한 파도보다 훨씬 더 크고 무서운 사건이 일어났어요.

가람   어떤 일입니까? 나쁜 소식이 크게 일어났다면 제가 알 수 있었을 텐데요. 혹시 나봄이가 아픈 건가요?

누리   아니에요.

가람   혹시 나봄이가 다친 건가요?

누리	그것도 아니에요.

가람 나봄이와 관련된 소식이 아니라면 나에게는 큰 소식이 아닙니다. 제아무리 거대한 사건이라 해도 내 앞을 가로막는 것은 내가 물리칠 수 있을 테니까요.

누리 나봄이에게 직접적으로 문제가 될 일은 없어요. 그런데….

가람 그런데?

누리 우리 나봄이가 요즘 시위에 나가는 것은 알고 있죠?

가람 그건 알고 있습니다만 시위를 하는데 문제가 생겼나요? 혹시 당신이 시위에 반대를 하나요?

누리 나도 나봄이가 하고 싶은 것은 마음대로 놔두는 편이에요. 그러나 그것이 나봄이에게 해가 된다면 나는 말리고 싶어요. 지금 당이 시위대를 향해 엄벌에 처하겠다고 말하지 뭐에요.

가람 당이 말입니까? 어째서 당이 시위대를 엄벌에 처합니까? 설령 시위대가 당에 반대한다고 해서 벌을 주는 것은 말이 안 될 텐데요.

누리 이번에 시위대가 경찰을 폭행했어요. 찰나의 순간에 엄청난 피해를 입히고요. 온갖 무기로 무장한 시위대 앞에서 경찰들은 크고 작은 부상을 입고 치료를 하고 있대요.

가람 세상에! 어찌 그런 일이. 우리 나봄이는 누구보다 여리고 선한 아이인데. 작은 벌레의 목숨도 소중히 여기고 나무와 풀에게도 따스한 말을 건네는 나봄이가 경찰을 폭행했다는 말씀입니까? 말도 안 됩니다. 나봄이는 어디 있습니까? 이야기를 해보아야 할 것 같군요.

누리   나도 나봄이가 그런 일을 하지 않았다고 생각해요. 몇십 년 동안 나봄이를 보아온 부모 입장에서 이건 말도 안 된다 생각해요. 그러나 이것만이 단순한 문제가 아니에요. 당이 이제 이 사건으로 시위대를 처벌한다고 해요. 사회에 위해가 되는 시위는 반국가적 행위이니 법으로 금지하고 경찰들은 이제 시위하는 사람들을 잡아들인다고 해요. 그리고 시위를 하는 사람들에게 고무총을 겨누어 시위를 막는다고 해요.

가람   오, 세상에. 국민을 지켜야 하는 경찰이 국민을 향해 총을 들이밀다니 이게 무슨 일입니까. 범죄 행위를 단속하고 국가의 질서를 유지하는 일은 어느새 다른 나라의 일이 되었는가. 국민을 보호하는 경찰은 언제부터 당을 보호했는가.

누리   경찰이 무엇을 하든 나는 상관이 없어요. 나와 우리 가족은 법을 어기지 않고 성실히 살아온 시민이니까요. 그런데 나는 나봄이가 걱정이에요. 나봄이가 지금 시위를 하고 있잖아요. 그리고 이제 그 행동은 위법행위가 되는 거예요. 우리 나봄이가 길거리에서 사람들의 물건을 빼앗고 남을 해치는 사람들과 동등한 사람이 되는 것이라고요.

가람   정말 큰일입니다. 나봄이는 그저 광장에서 목소리만 낼 뿐이었는데 범죄자 취급을 받다니. 목소리가 큰 것이 죄라면 사람들 앞에서 큰 목소리로 노래하는 가수들부터 죄를 물어야 할 것입니다.

누리   이건 잘못되었어요. 제발 당신이 가서 당을 말리세요. 폭력이 아닌 평화를 달라고요. 나라 내부에서 싸운다면 외부 세력에 의해 쉽게 몰락한다고. 부강한 나라를 만들어 달라고 하세요. 그리고 관용을 베풀라고 하세요. 관용과 자비는 인자한 군주만이 베풀 수 있는 미덕이고 이로 인해 국민들은 더욱 당을 지지할 것이라고요.

가람   알겠습니다. 쇠뿔도 단김에 빼라고 지금 당장 당으로 향해 건의해보겠습니다.

누리   그래요. 꼭 해내기를 빌어요. (가람 퇴장)

나봄 등장

누리   얘야, 왔구나. 별일 없었니?

나봄   큰일이 없었으면 좋겠지만 오늘은 정말 이상한 날이에요.

누리   괜찮니? 당이 어떻게 하든?

나봄   세상에. 말도 마세요. 시위를 하는데 경찰들이 분노에 차서 저희를 향해 총을 쏘지 뭐예요.

누리	세상에, 뭐라고?
나봄	우리가 아닌 하늘을 향해 총을 쏘긴 했지만 정말 놀랐어요. 그들은 마치 화가 난 듯 보였는데 우리가 공격을 했다고 하더라고요.
누리	그 이야기는 나도 들었다. 너희 시위대가 경찰들을 공격했다면서.
나봄	그에 대해서는 저희도 잘 모르겠어요. 저희는 공격할 계획도 없었고 공격을 하지도 않았는데 경찰들은 폭력을 당했고 그건 우리 때문이라고 하고 있어요. 경찰들이 귀신을 보았는지 아니면 우리가 모두 기억을 잃었는지 서로가 서로를 이해할 수 없어요.
누리	그런 일이 있었니? 아니면 혹시 잘 생각해보렴. 너희 중에 시위를 막는 경찰들에게 앙심을 품고 그들을 공격한 것일 수도 있잖니. 그런 사람들은 없었니?
나봄	그런 사람들도 소수 있기는 하지만 대체로 많지는 않아요. 그리고 우리는 모두 계획을 하고 시간과 공간을 정하여 움직이는걸요.
누리	그런 것이 아니라면 한여름 밤의 꿈처럼 실제로 일을 당했는데 기억을 못 하는 것일 수도 있겠구나.
나봄	저희는 정말 폭력적으로 시위를 하지 않았어요. 이건 정말로 의심의 여지가 없어요. 저희는 정말 결백해요. 그런

데 저희의 말을 믿어주는 사람들이 없으니 카산드라가
무슨 마음인지 알 것 같아요.

누리   너가 그렇게 결백을 주장한다면 분명 이건 무슨 일이 있
는 것이겠구나.

나봄   그런데 이런 저희를 향해 이제 폭력을 용인하다니요. 이
건 정말 옳지 않아요. 경찰이 국민을 보호해야 하는데 국
민을 때려잡다니요. 보호라는 말을 다시 한번 생각해보
면 좋을 거 같아요. 이러다가는 군인들까지 동원해서 무
력을 쓰지 않을까 걱정이에요.

누리   군인들까지 동원하는 것은 엄청난 재앙이구나. 그건 전쟁
의 서막이 이제 막 시작된다는 소리니까. 절대로 그런 일
이 일어나서는 안 되겠지.

나봄   경찰이나 군인이나 강력한 무기를 가지고 시민을 괴롭혀
서는 안 돼요. 그들의 강한 힘은 우리를 위해 쓰는 것이
지 우리를 향해 쓰는 것이 아니니까요.

누리   그래서 너희 아버지가 당에 건의를 드리러 갔단다.

나봄   우리 아버지가요?

누리   그래. 자비를 가지고 그들을 용서해달라면서 그것으로 미
덕을 쌓기를 바란다며 말을 올리러 갔단다. 너희 시위대
의 말이야 듣지도 않겠지만 당의 중요한 영향을 미칠 수
있는 너희 아버지의 말은 듣지 않겠니.

나봄   그렇겠지요. 힘없는 자들의 말보다는 힘 있는 사람의 말이 조금 더 귀에 가까이 다가가겠죠.

누리   제발 평화가 우리와 함께하기를. (모두 퇴장)

2막 4장
당 내부

수령, 란 등장

수령 저놈들에게 반드시 본때를 보여주어야 하네. 공포에 질려 오금이 저리고 손발이 벌벌 떨리도록 만들어 다시는 당에 대항할 생각을 가지지 못하게 해야 하네.

란 반드시 그렇게 만들겠습니다.

수령 실제 대응을 위한 것이라고 경찰들에게 이야기했겠지?

란 시위대가 나라를 위태롭게 만들고 전복시키려 한다고 교육을 시켰습니다. 지금 경찰들은 더러운 쓰레기를 청소하는 청소부와 같은 역할이라며 지속적으로 말했습니다. 자신들은 위대하고 긍지가 넘치는 중요한 사람이라면서요. 그러니 질서정연한 나라를 만들기 위해 다수의 경찰들이 나라를 위해 폭도들을 잡아 기꺼이 헌신하겠답니다.

수령 아주 똑똑하구만.

란 게다가 경찰들이 폭행을 당하는 장면도 보여주었더니 모두 분노에 휩싸여서 시위대보다 훨씬 더 뜨거운 마음을 가지게 되었습니다.

수령   아주 훌륭하군. 대응에 대한 확실한 명분을 제공해야 그들의 마음이 흔들리고 당에 대한 충성심이 생기지. 그들의 정열이 폭도들을 향한다면 시위대도 경찰을 이길 수는 없겠지. 경찰들에게 모두 실탄을 지급했겠지?

란   그렇습니다. 공포탄은 모두 제거하고 처음부터 끝까지 모든 탄창에 실탄을 보급했습니다.

수령   그렇지만 실탄이라고 말하는 것은 경찰들이 사격을 하는 데 머뭇거리게 만들 수 있으니 고무탄이라고 이야기하게. 살인을 원하지 않고 겁만 주면 좋겠다고 생각하는 경찰들도 있지 않겠는가.

란   여부가 있겠습니까.

수령   자, 그럼 자네는 이만 가보게나. 어서 법을 만들고 위법하는 자들을 합법적으로 잡아들여야 되지 않겠나.

란   지금 거의 다 완성이 되어가고 있는 중입니다. 제가 가서 마무리를 짓겠습니다. (퇴장)

수령   저렇게 성실하고 충성스러운 신하가 어디 있겠는가. 세상 무엇을 가져다준대도 저 녀석과 바꾸기는 어려울 것 같군. 저 녀석의 생각은 우주보다 훨씬 더 크고 방대하니까. 덕분에 내가 맘 편히 살 수 있군. 그렇게 내가 나라의 최고가 되는 것이야. 이제 하루도 남지 않았군. 내일은 해가 뜨자마자 새로운 세상이 펼쳐질 것이고 모두가 당에게 무릎을 꿇고 머리를 조아릴 것이야. 이 얼마나 가슴 벅차오르는 일인가.

가람 등장

가람 수령님, 수령님.

수령 자네가 여기는 웬일인가?

가람 드리고 싶은 말씀이 있습니다.

수령 하고 싶은 말이 있으면 요점만 간단하게 말하게. 봄이 다가올 때 농부는 땅을 일군다고 바쁘기 마련이니까.

가람 다름이 아니라. 이번 당의 대응에 대해서 조금은 선처를 해보심이 어떨지 여쭙고 싶습니다.

수령 폭도들의 폭력에 대한 당의 대응이 석연치 않다는 것이야?

가람 그것이 아닙니다.

수령 그것도 아니라면 나의 뜻이 틀렸단 말인가?

가람 그것도 아닙니다. 제가 어찌 위대한 당의 행동에 딴지를 걸겠습니까.

수령 그렇다면 자네가 하고 싶은 말은 무엇인가.

가람 이번 시위대의 폭력은 참으로 안타깝고 애석한 일입니다. 국가와 시민을 지키는 선량한 경찰들이 폭력에 당하다니요. 시위대가 잘못한 것이 명명백백하고 그에 대한 합당한 대응도 맞다고 생각이 듭니다. 그러나 그 공격은 소수의 시위대가 이성을 잃고 광기에 눈이 멀어 순간적으로 잘못된 판단을 한 것이라 생각이 듭니다. 시위가 처음이고 어린 학생들이 주체가 되어 하는지라 아직 사리 분별이 되지 않아 그런 잘못을 저지른 것일 테니, 따끔하게 경고만 주시고 이에 대해 너그러운 마음으로 헤아리는 것이 당의 자애로움을 나라 곳곳에 알릴 수 있는 길이라 생각됩니다. 미덕이란 사람들 마음속에 피는 꽃과 같아 몇년, 몇십 년이 지나도 사람들의 마음속에 남기 때문에 먼미래를 볼 때 자비를 베푸는 것이 옳은 듯하옵니다.

수령   자네가 당을 위하는 마음은 잘 알겠네. 장기적으로 보면 그것이 옳을 수도 있지. 그러나 이번 대응에 대해서는 나의 명령에 따르게. 이 사건으로 인해 당의 화는 태산과 같이 커지고 바다와 같이 깊어졌네. 그것이 제아무리 국민이라고 해도 말이야. 잘못에 있어서는 응당 참회의 채찍을 받아야 하네. 말을 듣지 않는 황소에게 제아무리 배려를 한다 한들 말을 듣지 않는다면 결국에는 채찍을 들어야 하는 것이야. 그렇지 않으면 황소는 제멋대로 날뛰어서 사람들을 해치고 결국에는 스스로도 해치기 마련이지. 나는 그것을 막으려고 하는 것이라네. 자네의 마음도 알겠으나 자네도 내 마음을 알아주게.

가람 수령님. 다른 방법은 정녕 없습니까?

수령 지성이 넘치는 의원들이 머리를 쥐어짜는 생각을 해서 내린 결정이 바로 이것이네. 그러니 자네는 내 명령을 따르도록. 그리고 자네가 필요한 때가 오면 그때 자네를 부르겠네. (퇴장)

가람 아, 이를 어찌하면 좋단 말인가. 수령의 마음은 이미 무쇠와 같이 단단하게 굳어버린걸. 내가 아무리 이야기를 해도 튼튼한 수령의 결심에 모두 막혀버렸다. 이제 남은 것은 그나마 수령의 마음속 가장 깊은 곳에 작게 남아 있는 자비를 긁어 사람들에게 보여주기를 기다리는 수밖에는 없다. 그분의 마음속에 분노와 증오 대신 따뜻하고 보드라운 꽃밭이 있기를, 그리고 신의와 사랑을 아는 사람이기를 간절히 기도해야겠구나. (퇴장)

2막 5장
가람과 누리의 집

누리, 나봄 등장

누리   너희 아버지는 언제 올까?

나봄   부디 집으로 올 때 좋은 소식을 한가득 들고 오면 좋겠어
요. 웃는 얼굴과 밝은 목소리로 성공을 한 사람처럼 온다
면 참으로 좋을 텐데요.

누리   올 수는 있을까? 혹시 당의 의견에 반대한다는 이유로 추
궁을 받지는 않겠지?

나봄   어머니, 무슨 말씀을 그렇게 하세요. 아버지는 오늘 하루
를 우리와 함께 보낼 거라고요. 당이 설마 반대 의견을
낸다고 잡아두기야 하겠어요?

누리   그렇겠지. 제발 오면서 평화의 소식을 가지고 오기를.

가람 등장

가람	여보, 나봄아.
누리	오셨어요? 정말 오래 기다렸어요.
나봄	저도 아버지가 기쁜 표정으로 오기를 기다렸어요. 당에게서 가져온 답은 어떻게 되었어요?
가람	그건….
누리	당신의 말이 수령의 귀에 들어갔나요? 아니면 근처에만 머물렀나요? 그것도 아니면 저 하늘로 날아가버렸나요?
가람	정말 미안하다. 모두에게 미안해. 수령에게 간곡히 청원해도 듣지도 않는구나. 시위대를 향한 분노에 눈을 이글거리고 귀는 꽉 닫아버렸어.
나봄	세상에, 그럴 수가! 나라를 이끌어가는 사람이 어떻게 그토록 감정적일 수가 있지요. 국민을 정말 사랑하는 게 맞을까요? 이건 미쳐버려 횡포를 일삼는 폭군과 같아요.
누리	아, 세상에. 불안한 마음이 정말로 현실이 되는구나. 어찌하면 좋담.
나봄	아버지. 당이 폭력을 행사하지 못하도록 하는 방법은 없을까요?
가람	애석하게도 없는 것 같다. 지금 당은 시위대에 대한 대응으로 모든 사력을 다하고 있어. 시위대가 모두 몰려가서 무릎을 꿇어도 그들의 분노를 잠재울 수는 없을 거야.
나봄	아! 우리에게도 힘이 있으면 좋으련만. 시위대도 그에 맞서

서 무기를 든다면 저들이 함부로 못하지 않을까요?

누리 애야. 그 무슨 위험한 말이니. 지금 그 말은 내전이라는 소리야.

가람 그렇지. 나라 내부에서 전쟁과 같은 상황이 벌어진다면 어지러운 상황이 더 커지게 되는 것이란다. 그리고 너희가 아무리 힘을 길러도 감히 공권력에 대응하기는 힘들 것이다. 경찰들은 모두 무술을 배우고 총기에 능숙한 숙련자야. 초보가 고수에게 대응할 수 없듯 너희가 저자들을 이길 거라는 생각은 하지 말아라.

누리 그렇다면 나봄이는 이제 시위에 참여할 수 없겠군요.

가람 그렇습니다. 나봄이는 이제 시위에 나가지 말고 집에 얌전히 있거라. 이것은 너의 안전을 위하는 일이다.

나봄 아버지, 어머니. 저를 생각하시는 마음은 잘 알겠지만 저는 앞으로 살아갈 날들이 걱정되어요. 소녀 남은 인생 자유롭게 살고 싶으나 폭군이 그걸 막고자 한다면 저와 친구들같이 젊은 사람들이 막아야겠지요. 청년들은 미래의 주체가 될 사람들이니까요. 그리고 우리가 만든 세상 후손들에게도 잘 물려주어야 하지 않겠어요? 우리나라는 당의 나라가 아니에요. 국민들이 주인인 나라지요. 지금 자유를 얻지 못하면 대대손손 자유를 얻기는 힘들 것이에요. 우리의 미래는 우리가 결정해야 해요.

가람	네 마음은 잘 알겠으나 아비로서 딸이 위험에 빠지는 일은 용납할 수 없다.
누리	나도 그렇게 생각한단다. 너의 열정과 노력은 이해한다만 그 일을 하는 데 위협을 받는 것은 나도 반대한단다.
나봄	그렇지만 이건 반드시 해야 하는 일이에요. 이 사건으로 인해 사람들이 뭉치지 않고 흩어져버린다면 당의 독재는 계속될 것이라고요. 그리고 당은 이것을 노리는 것이고요.
가람	우리 딸이 이렇게 겁이 없었나. 그리고 이렇게 부모의 말을 듣지 않는 딸이었던가. 내가 지금 보고 있는 것이 내 딸이 정녕 맞는가? 나봄이의 탈을 쓴 청개구리가 아닐까. 나봄아, 너는 두렵지도 않니? 저 거대한 당 앞에서 한낱 소시민에 불과한 너인데 네가 정말 할 수 있다고 생각하니?
나봄	하나인 저는 힘이 약하지만 사람들이 모여 저희와 함께하니 약한 존재가 아니에요. 오히려 강한 존재지요.
누리	오, 나봄아. 그냥 일반 사람들처럼 직장을 가지고 안정적인 삶을 가지면 안 되겠니? 나는 그것이 정말 성공이고 멋진 미래라고 생각한단다. 오히려 이 일보다 머리가 덜 아플 거야.
나봄	그것도 성공일 수 있겠지요. 그런데 저는 제 인생 제가 결정하고 싶어요. 저는 자유로운 미래가 정말 가치 있는 삶이라 생각해요. 저는 제가 온전히 개인으로 존재하기

위해 운동을 하는 것이에요.

가람 　정말 말이 통하지 않는구나. 이건 두꺼운 벽을 보고 나 혼자만의 대화를 하는 것과 같군. 더 이상의 설득은 무의 미해 보이니 나봄이는 외출금지다. 나는 저 위협이 득실 한 바깥으로 딸을 내보낼 수 없어. 네가 앞으로 집을 나 갈 일이 있다면 나의 허락을 받아야 할 것이야.

나봄 　아버지! 정말 이럴 거예요?

누리 　이건 너희 아버지의 말이 맞다. 강경한 대응 같지만 너를 위해서란다. 지금부터 밖으로 나가는 일이 없었으면 좋겠 구나.

나봄 　오, 세상에. 저는….

가람 　됐다. 이미 결정이 난 내 마음을 네가 돌려놓을 수는 없 단다. 그러니 얌전하게 집에서 있거라. (퇴장)

누리 　지금은 네가 흥분하여 이해할 수 없겠지만 시간이 지나 면 우리의 마음을 이해하게 될 것이야. 방에서 얌전히 격 정을 삭히고 평온을 가지렴. (퇴장)

나봄 　이게 대체 무슨 일인가. 언제나 나를 지지하고 응원해주 었던 부모님이 나를 가로막다니. 그들의 마음을 내가 모 르는 것은 아니야. 총알이 내릴 수도 있는 광장에 나간다 는 것이 두렵겠지. 혹시나 가족의 자리에 거대한 구멍이 생길 수도 있으니까. 그렇지만 부모님은 정말 모르는구

나. 지금 나라가 독재를 향해 나아가고 있다는 것을. 당이 설립되고 투표권을 부여하지 않으면 독재가 된다는 것이 자명한데 이 심각성을 정말 모르는 것인가. 아니면 내가 너무 자유로운 나라에서 살아와서 내가 이상한 것인가. 나는 사실 이방인이 아닐까. 아니지, 그래도 시위를 함께하는 사람이 많다는 것은 내가 잘못되지 않았다는 충분한 증거가 될 수 있지. 수가 많다고 정답은 아니지만 정답임을 주장하기에 미약한 근거가 될 수는 있겠지. 지도자의 거짓과 위선, 관리들의 아첨과 비리, 부정이 정의를 이기는 사회는 분명 잘못된 것이야. 애정을 가진 나의 사회를 조금 더 올바르게 바꾸는 일은 시민으로서의 의무지. 연민과 동정의 마음이 없는 자는 아픈 사람을 보고도 지나치겠지만 나는 그저 지나칠 수 없구나. 아버지, 어머니. 저를 용서하세요. 불효자식과 같지만 저는 제 신념대로 미래를 위해 행동하겠습니다. 집을 몰래 빠져나가자. 그리고 시위에 큰 힘이 되어주자. 나는 다른 사람보다 조금 더 권력을 가지고 잘사는 사람이니 분명 모범을 보여야지. 길을 밝히는 횃불처럼, 봄을 알리는 민들레꽃처럼 나아가는 사람들을 도와주고 반겨줘야지. (퇴장)

2막 6장
광장

여울, 새결 등장

새결   광장을 쇠벽같이 단단하고 튼튼하게 쌓자. 시위대들이 우리를 공격할 수 없게. 강한 벽 앞에서 저들이 공격할 수 없게. 그들이 시위를 하는 데 있어 우리의 허락을 받을 만큼 거대한 두려움을 느껴 온몸을 부들거릴 때까지. 그래야 너도 다치지 않지.

여울   나는 이제 괜찮아. 나보다는 저번에 더 많이 다친 친구들이 문제이지. 상처는 거의 다 나았어.

새결   상처가 아물어도 네 마음의 상처는 치유되지 않았을 거야.

여울   그건 그렇지. 다시 한번 저들이 폭력을 쓸까 봐 약간 두렵기도 해.

새결   그래서 이번에는 고무탄을 우리에게 주었잖아. 아무리 물렁물렁한 고무라고 해도 맞으면 엄청난 고통을 겪고 우리 앞으로 오지 않겠지.

여울	그런데 정말 이 총을 쏘아도 될까?
새결	뭐가 문제야? 이제 시위는 법에 어긋나는 행위야. 저놈들은 범법자이고 우리가 잡아서 감옥에 넣어야 할 놈들이야.
여울	아무리 나쁜 놈이라 해도 민간인 아닌가. 무기를 들지 않은 시민을 향해 총을 들이밀어도 되는 것일까. 아무리 고무탄이라고 해도 말이야.
새결	이상과 현실은 원래 다른 법이지. 이상만 좇아 현실을 알아채지 못하면 그건 머리를 땅에 묻어버린 타조와 같아. 맹수가 자기 옆에 있는지도 모르고 죽음이 자기에게 다가오는지 모르는 어리숙하고 순진한 행동이야.
여울	그렇지만 나는 정말 두려운걸.
새결	뭐가 두렵다는 것이야? 성난 시민들의 돌팔매가? 아니면 당의 명령이?
여울	그 두 개는 두렵지 않지. 내가 두려운 것은 지금 내가 보고 있는 나 자신이야.
새결	지금 온몸에 보호복을 입고 강력한 무기를 들고 있는 네 모습이? 너는 지금 완전무장을 한 군인과 같아. 뭐가 무섭다는 것이지?
여울	바로 그 모습이지. 전쟁에 나가는 군인처럼 완벽하게 준비된 나의 모습이. 우리의 모습이 정말 시위대의 공격을 막는 것이 맞는가? 마치 우리가 시위대를 공격해야만 할

것 같은데.

새결   방어를 위해서는 과함도 아깝지 않지. 부족한 것보다는 낫
        지. 설마 공격성을 띤 우리의 모습이 두렵다는 것이야?

여울   그래. 정의를 위해 힘을 가졌지만 내가 과연 이 힘의 책임
        을 질 수 있을까. 자칫하면 정의 없는 힘이 되지는 않을
        까 걱정이 돼. 마음속 악마가 힘을 가져 날개를 펼치면
        내 자아를 잃어버리고 나는 악마가 되지 않을까 걱정이
        야. 통제가 불가능하고 살육에 미친 악마 말이야.

새결   말도 안 되는 소리. 우리는 그저 폭동을 일으킨 폭도들을
        잡는 경찰인데. 범인을 잡는 경찰이 악마는 아니잖아.

여울   지금껏 처음 맛본 강력한 힘의 달콤함에 이성을 잃어 타
        인을 지배하고픈 마음이 생겨 악마가 되면 어떡하지.

새결   스스로를 되돌아보는 착한 심성을 가진 너인데 어찌 악
        마의 달콤함에 스며들까. 공격한 시위대를 오히려 걱정하
        고 본분을 잊지 않는 경찰인 너는 정의의 여신과 함께할
        거야.

        시위대 등장

시위대 당은 해체하고 물러나라!

여울   아이고, 저 수많은 시위대를 보게. 우리가 교육받은 대로
        저자들을 향해 위협을 가해야 하나?

새결	걱정 마. 어차피 공포탄이니까 너무 가까이서만 쏘지 않으면 되겠지. 생명의 불을 끄지는 않고 위협을 가하는 정도만 대응하는 거야.
여울	늘 묵묵한 벽과 땅을 향해 총구를 겨누다가 사람을 향하니 기분이 썩 좋지는 않은걸.
새결	나도 그렇지만 우리와 사회를 지키기 위한 일이라고 생각하자.

경찰들 총소리와 함께 사격. 시위대가 쓰러진다.

여울	지금 내 눈앞에서 일어나는 일이 대체 무엇이지? 어째서 저들이 쓰러지는 것이야. 심지어 붉은색 피를 흘리지 않나.
새결	설마 우리가 쏘는 총알이 고무탄이 아니라는 것인가?
여울	저 쓰러지는 사람들을 봐. 그리고 두려워 도망치는 사람들을 봐. 공포에 질린 절망의 표정이구나. 이 총알이 고무탄인지 아닌지는 중요하지 않아. 사람들을 다치게 했다는 것이 중요하지. 이 사격은 멈추어야 해.
새결	이게 대체 무슨 일이지?
여울	(경찰1의 어깨를 잡으며) 이제 시위대가 해산했으니 사격을 그만두어도 괜찮지 않을까. 계속 사격을 하는 이유가 무엇이야?
경찰1	저 폭도들은 불법을 저지르는 부정한 놈들이지. 법을 위

반하며 나라를 수렁에 빠뜨리는 나쁜 놈들이야. 심지어 우리 경찰들을 폭력으로 마주해서 당으로 나아가려고 하지. 목적은 이해한다만 방법이 잘못되지 않았나. 악독하고 더러운 마음을 가진 저놈들은 길거리 개미, 쥐보다도 못한 놈들이고 이들을 모두 없애야 하지.

여울   세상에. 저들이 분명 나쁜 행동을 한 것은 알지만 죽음으로 대응하다니. 같은 국민끼리 이게 무슨 짓인가. 이건 저주야. 마녀가 저주를 내리고 요정들이 장난을 치는 계략일 것이야. 그렇지 않고서야 이 현상이 어떻게 설명된단 말인가. (시위대 모두 퇴장)

보슬 등장

보슬   모두 멈추어라. 시위대가 해산했으므로 잠시 뒤로 물러나 있는다. 모두 휴식을 취하도록. (경찰들 모두 퇴장) 저들을 향해 강경한 대응을 하기로 했지만 막상 쓰러져가는 저 가녀린 낙엽과 같은 사람들을 보니 마음이 편하지는 않구나. (퇴장)

마루 등장

마루   이게 대체 무슨 일인가. 경찰들의 무자비한 총격에 모두가 혼비백산해 자리를 떠나버렸구나. 세상 어느 나라가 국민을 향해 총을 쏜단 말인가. 전쟁이 나고 스스로를 보호하기 위해 총을 사용하는 것인데 이건 그저 학살을 하기 위해 총을 쓰는 것이 아닌가. 사람들의 열정에 거대한 구멍을 뚫듯 시위도 이렇게 그만두게 하려는 것인가. 총알이 나를 뚫지는 않았지만 영혼에 거대한 상처를 입혔구나. 이 상처받은 영혼을 어찌하면 좋은가. 아니지. 나는 괜찮으나 다른 사람들이 더욱 부상을 당했겠구나. 시위를 기획하고 행동하게 만든 자로서 사람들을 다치게 만든 책임은 모두 나에게 있다. 이 일로 인한 무게가 나의 어깨를 무겁게 누르는구나. 차라리 이 일을 하지 않았어야 하나. 후회가 막심하구나.

나봄 등장. 비틀거리며 입장한다.

마루 　　오. 나봄아. 어떻게 된 일이야?

나봄 　　봄에 피어난 죽음이 나에게로 다가오는구나.

마루 　　지금 내가 보고 있는 것이 정녕 나봄이 네가 맞아? 원래의 아름답고 활짝 핀 너의 모습은 어디 가고 피칠갑을 두른 곧은 나무가 보이는 것인지.

나봄 　　아, 세상이 빙글빙글 도는 것인가, 내 머리가 돌아버린 것인가. 차라리 누워서 어지러운 머리를 바닥에 고정시키

	자. (쓰러진다)
마루	(나봄에게 다가간다) 나봄아, 나의 사랑. 왜 여기에 쓰러지는 것이야. 이 차가운 바닥에서 일어나 열정의 길을 걸어가야지.
나봄	마루구나. 나의 걸음은 아쉽게도 여기서 끝인 것 같아. 더 걸어가면 날개를 달고 하늘을 날 수 있을 것이라 생각했는데.
마루	아니야. 그런 말은 말아줘. 지금 바로 병원으로 가자. 우리 아버지가 너를 바로 고쳐줄 것이야. 힘들지만 조금만 참아줘.
나봄	쾌청한 아침의 이슬과 밝은 달빛으로 만든 영약으로도 지금의 나를 고칠 수는 없을 거야. 나는 지금 나를 잘 알아. 이 상처는 고칠 수 없을 거야.
마루	그런 말 말라니까.
나봄	내 눈에 보이는 것은 햇빛인가 우리의 횃불인가. 무엇이든 밝게 빛나고 있구나.
마루	아아.
나봄	마루야. 나를 기억해줘. 꼭 살아남아 나를 기억해줘.
마루	반드시 너를 잊지 않을게. 내 머릿속의 지우개에게 너는 잊지 말라고 할게.
나봄	그리고 이걸 받아. (주머니에서 꽃을 준다)

마루	이 꽃은 뭐야. 분홍색의 은은한 빛을 뿜는 아름다운 꽃이네.
나봄	이 꽃을 나라고 생각하고 가꾸어줘. 가슴에 꽂아 심장에 가깝게 모두의 마음에 피기를 바라는 마음이야. 저 총을 든 사람들도, 깃발을 든 사람들도 모두 같은 사람이니 차가운 마음에 꽃이 피었으면 좋겠어.
마루	이 꽃이 모두의 가슴속에 피도록 노력할게.
나봄	아, 오라버니. 저를 찾아오셨군요. 저기 나에게 손을 내밀어주는구나. 저는 그 손을 뿌리칠 수 없어요. 우리 함께 가요. 얼마나 그리웠는데요. 아버지, 어머니. 정말 죄송해요. 당신들의 손을 잡고 싶지만 오라버니가 손을 놓지 않네요. 마루야, 안녕. 아버지, 어머니도 안녕. 못난 자식 큰 불효를 주어서 죄송합니다. 부디 평안하시기를. (죽는다)
마루	세상에, 나봄아. 제발 눈을 뜨고 일어나줘. 신이시여, 지금 이 모습을 보고 계십니까. 당신은 어찌 이 아름다운 소녀를 곁으로 데려가셨습니까. 곁에 천사가 필요해도 그것이 꼭 지금이여야 하겠습니까. 악마가 활개를 펼치고 다니는 사회에서 천사가 있어야 균형이 맞지 않겠습니까. 이 세상을 악마의 나라로 만들려는 생각이 아니라면 다시 천사를 제 앞으로 돌려보내주시지요. (나봄 코에 손을 가져다 댄다) 아, 이래도 숨을 쉬지 않는구나. 이 세상은 정

말 미쳤다. 벼락이여, 하늘을 두 개로 나누어라. 지진이여, 땅을 두 개로 나누어라. 그리고 이 세상을 모두 집어삼켜라. 웃음과 행복을 모두 빼앗겨버렸으니 나는 더 이상 살 이유가 없다.

고이, 윤슬 등장

고이   마루 형. 지금 여기 있는 사람은 나봄 누나야?

윤슬   아, 나봄 언니. 지금 힘들어서 누워 있는 것이겠지?

마루   아아, 나봄아.

고이   제발 내가 보고 있는 것이 사실이 아니라고 해줘. 나봄 누나가 이렇게 있을 리 없어. 우리가 힘을 모으는 데 얼마나 많은 힘이 되어주었는데. 나봄 누나가 이렇게 가버리면 안 되는데.

윤슬   가여운 나봄 언니. 모든 것을 바쳐 나라를 지키겠다고 하였고 우리를 가장 응원해주고 칭찬해주었는데 이렇게 가면 어떡하나요.

고이   우리만 해도 이렇게 눈물이 그치지를 않는데 마루 형은 얼마나 더 슬플까.

윤슬   그렇지. 마루 오빠는 우리보다 곱절은 더 울고 싶을 것이야.

고이   그렇다면 이곳을 강으로 만들어버리기 전에 눈물은 이만 그쳐야겠다.

윤슬	가슴이 텅 비어버린 것처럼 공허하지만 나도 아픈 티는 내지 말아야지.
고이	우리 모두 슬픔에 잠겨버리면 배는 침몰하는 것이니까. 그러니 나아가야지. 나봄 누나의 복수를 위해서.
윤슬	그렇지.
고이	마루 형. 오늘은 이만 물러가자. 더 있으면 우리도 목숨을 잃을 것이야.
마루	나는 나봄이를 두고 떠날 수 없어. 나는 나봄이를 지켜주어야 해.
윤슬	오빠, 어서 떠나자. 지키기 위해서 떠날 줄도 알아야지. 잡고 있는다고 모두 내 것이 될 수는 없어.
마루	그래, 떠나자. 하늘을 차지하기 위해서 잠시 땅에 몸을 숨겨야지. (모두 퇴장)

3막

3막 1장

가람과 누리의 집

가람 등장

가람 여보, 그 소식을 들었나요? 세상에, 당의 경찰이 시위대를 향해 총격을 가했다오. (두리번거리며) 여보, 집에 없소? 나봄아, 어디 있니? 내 목소리가 메아리쳐 나에게 답장을 하니 집에는 나밖에 없나 보군. (밖에서 문 두드리는 소리가 들린다) 누구시오. 들어오시오.

도두 등장

가람 의사 양반, 여기는 어쩐 일이오? 나를 보자고 이 저녁에 찾아온 것이오?

도두 장군. 장군은 지금 상황을 모르는 것 같소.

가람 무슨 일이 있었단 말이오? 나에게 소식을 알려줄 나봄이와 누리가 없으니 귀가 열려 있어도 들을 말이 없소.

도두	그렇다면 정말 아무것도 모르겠군. 마음의 준비를 하시오. 내가 지금부터 하는 이야기로 쓰러지지 않기를 바라오.
가람	대체 무슨 일이 일어났기에 그러시오? 제아무리 무장한 군대가 나를 노려도 나는 쓰러지지 않는 사람이오. 그러니 걱정 말고 이야기해보시오.
도두	그대는 앞으로 나봄이를 볼 수 없을 것이오.
가람	그게 대체 무슨 말이오?
도두	그리고 나도 나봄이를 볼 수 없지. 살아 숨 쉬는 사람들은 모두 나봄이를 볼 수 없소.
가람	그 말은 마치 나봄이가 죽었다는 것 같은데. 허튼소리 마시오.
도두	이건 장난이 아니오. 그대의 딸, 사랑스럽고 화사한 나봄이는 죽었단 말이오.
가람	웃기는 소리. 갑자기 나봄이가 죽을 이유가 있나. 지금 방에 있을 텐데. (무대 밖을 향해) 나봄아, 나봄아. 어서 나와보아라.
도두	나는 지금 사실을 말하고 있소. 나봄이는 지금 방에 없소. 그녀는 시위에 나가서 목숨을 잃었소. 그녀의 싱그러운 웃음은 저 멀리 떠나버렸소.
가람	그렇게 시위에 나가지 말라고 말했건만 기어이 내 말을 듣지 않았구나.

도두	당이 시위대를 엄벌한다고 대응했소. 그리고 아주 강력한 대책을 내놓았지. 오늘 시위대를 향해 경찰들은 총기 사격으로 대응했소. 무기도 들지 않고 공격도 하지 않은 시위대를 향해 실탄을 쏜 것이오.
가람	그렇다면 나봄이가 그때?
도두	그렇소. 나봄이가 경찰들이 쏜 총에 맞아 목숨을 잃었다오.
가람	아니야, 거짓말 마시오. 그럴 리가 없소. 그대가 잘 못 들은 것일 거요. 광장에서 총을 쏘았다고 해도 나봄이가 죽었다는 증거는 없소. (무대 뒤를 보며) 나봄아, 아버지를 놀릴 생각 말고 어서 나오거라. 아버지와 노는 것이 좋다지만 자신의 목숨을 걸고 놀지는 말렴. 어서 나오거라. 아버지는 장난이 아니란다. 내 인내심이 바닥이 나기 전에 어서 나오거라.
도두	정말 유감이오.
가람	그런데 당신은 왜 이렇게 있소. 지금 당신의 아들은 어디 있소. 시위를 시작하고 모든 일의 시발점인데 그대의 아들은 어떻게 되었냐 말이오. 설마 내 딸이 죽었는데 그대의 아들이 살아 있지는 않겠지? 이건 모두 당신과 당신의 아들 때문이야. 정의를 위한다는 위선으로 우리 딸을 홀렸어. 그대들만 없었어도 나는 가족과 함께 평화롭게 살 수 있었는데. 그리고 당은 그토록 선하고 심성이 여린 아이가

무슨 잘못이 있다고 총을 쏘는가. 아주 고약한 악마가 아니고서야 나봄이를 향해 총을 쏘지는 않을 것이다. 그런데 그놈들이 내 딸의 목숨을 겨냥해? 그리고 죽음에 이르게 만들어? 오, 세상에 어느 부모가 자식이 죽었는데 그걸 보고만 있겠는가. 놈들은 모조리 죽여도 시원찮구나. (주머니의 권총을 꺼내며 도두에게) 일단 너부터 총으로 내 딸의 복수를 하겠노라.

도두　(총을 손으로 잡으며) 진정하시오. 지금 그대의 분노가 하늘을 찌를 듯한 것은 알겠소. 나도 그 잘못에서 자유로울 수는 없지. 그렇지만 잠시 생각을 해보시오. 지금 딸을 생각하란 말이오. 지금 딸이 그대를 보고 있다고 생각하고 논리적으로 생각을 해보란 말이오.

가람　(총을 넣고 얼굴을 손으로 감싸며) 그래. 이렇게 해서 무엇하리. 이미 나봄이는 죽었고 생명을 살리는 환혼석이 있지 않는 이상 내가 할 수 있는 일은 없는데. 그렇지만 죽어도 다시 심장이 뛰는 경우가 있지 않소? 정말 숨을 쉬지 않고 심장이 멈춘 것을 보았소? 아마 아닐 거요. 나를 보고 싶어 하는 딸이 이렇게 먼저 갈 리 없지. 내가 나봄이를 직접 보고 판단하겠소.

도두　나봄이는 정말 유감이오. 그러나 나봄이 죽은 소식을 알자 누리도 쓰러졌소. 누리는 처음에는 믿지 않았소. 딸이 죽었다는데 믿고 싶지 않은 것이겠지. 그렇지만 딸이 누워있는 모습을 보자 그만 정신을 잃고 쓰러졌다오. 그리고 지금은 병원에 누워 있지.

가람   밝은 미래가 보이지 않는구나. 잿빛의 옷을 입은 우울이 내 곁에서 춤을 추고 있구나. 내가 눈을 뜨고 움직이기만 해도 그 녀석이 내 곁에 있구나. 나봄아. 누리야. 정말 미안하다. 나라의 최고 국방부장관이라는 사람이 머저리처럼 이 일이 벌어질 때까지 보고 있었다니. 내가 수령에게 더욱더 강하게 밀어붙여야 했어. 그가 느낀 분노가 나의 위압감에 소멸되도록 그를 설득시켰어야 했는데. 이런 일이 벌어질 줄은 몰랐구나. 누리의 말을 잘 들었어야 했는데.

도두   누리가 보고 싶소? 지금 누리는 병원에 누워 있다오. 지금 누리가 있는 병원으로 가봅시다. 하고 싶은 말은 그녀에게 모두 하시오. 누워 있어도 그대의 말은 들을 수 있을 테니.

가람   알겠소. 내가 그녀에게 하는 말은 모두 변명일 뿐이지만 그래도 참회하는 마음은 전해주고 싶소. 누리를 보고 나는 당에 가서 어떻게 된 일인지 꼬치꼬치 캐물어야겠다.

(모두 퇴장)

3막 2장
비밀 아지트

고이, 윤슬 등장

고이   경찰들이 우리에게 총을 쏘다니. 한 치의 망설임도 없이 쏘는 걸 너도 보았지?

윤슬   모두가 뭐에 홀려버린 듯 우리를 향해 총을 쏘고 있었어.

고이   세상이 무너지려는 징조인가. 죽음이 온 사방에 창궐을 하니 우리는 어디서 살아남아야 할까.

윤슬   이건 경찰들만의 문제가 아니야. 우리를 범법자로 규정하고 사격 지시를 내린 수령이 가장 큰 원인일 것이야.

고이   수령이 점점 제정신이 아니게 되어버린 거 같아. 국민들을 폭력으로 지배하려 하다니. 부모와 같이 자애로운 손으로 다스리겠다는 사람이 폭력의 손찌검을 하는 것이 폭군이 다 되었어.

윤슬   우리는 그래도 다행인 편이지. 저들의 총탄에 쓰러진 나봄이 누나는 어떡해. 가장 아름다운 천사가 신의 손길에

머무르는 천국으로 가장 먼저 가버렸으니.

고이 정말 안타까운 일이야. 나봄 누나는 마루 형의 정신적인 지주였고 힘을 실어주는 사람이었고 의지가 되어주고 응원해주는 요정과 같았는데.

윤슬 게다가 우리에게도 얼마나 친절했는지. 처음 보는 우리에게도 갖은 사랑을 주었지. 사랑의 화수분이 있다면 그것의 주인은 나봄 언니일 거야.

고이 그리고 우리는 그 화수분에서 크고 아름다운 사랑과 우정을 듬뿍 받았지.

윤슬 아, 나봄 누나가 떠나기 전에 조금 더 잘했으면 하는 후회가 맴돌아.

고이 이제 와서 후회를 하면 무엇할까. 이미 시간이라는 기차는 우리를 떠났고 무슨 수를 써도 그것을 잡을 수 없는데.

윤슬 우리도 이렇게 슬퍼하는데 마루 오빠는 오죽할까. 우리의 눈물이 강이라면 마루 오빠의 눈물은 저 광활한 바다를 채우고도 남을 것이야.

고이 이제 우리 시위의 대장에게 누가 용기를 북돋아주고 길을 제시해줄 수 있을까. 이미 무너져버려 흔적도 없이 남겨진 마루 형의 마음을 세우려면 어떻게 해야 할까. 아무리 강력한 접착력을 가진 본드와 풀도 사람의 마음을 붙일 수는 없기 마련인데.

윤슬   마음은 사랑으로 붙일 수 있을 텐데 그 사랑이 손으로 닿지도 않고 보이지도 않게 저 멀리 떠나버렸네. 남겨진 초라하고 외로운 마음은 어떡할까.

마루 등장. 가슴에 분홍 꽃 한 송이가 있다.

마루   나는 세상을 거쳐 가는 노예야. 짊어진 죄가 무거워 허리를 펴지도 못하고 그곳에 깔려 죽노니 이 가련한 인생 누가 족쇄를 풀어주세요.

고이   저 슬픈 모습을 봐. 절규하는 한 마리의 야생 늑대와 같구나.

윤슬   눈물이 없는 것을 보니 눈 속의 모든 눈물이 고갈된 거 같아. 저렇게 되면 감정이 승화되지 못해 온갖 고통을 겪을 텐데.

고이   우리가 가까이 가서 형을 달래주자.

윤슬   그러자. 슬픔도 나누면 반이 된다는 옛말처럼 우리가 슬픔을 덜 수 있으면 좋겠는데.

고이, 윤슬 마루에게 다가간다.

마루   자네들은 누구인가. 나를 위로하러 온 것인가, 내 슬픔을 기뻐하러 온 것인가. 위로하러 왔다면 필요 없네. 나는

	내 슬픔을 몇십 년 묵은 포도주처럼 마음껏 음미하고 있
	으니. 내 시간을 방해하지 말아다오.
고이	대장, 무슨 소리야. 우리야 우리.
윤슬	오빠의 곁에서 함께하는 윤슬과 고이야. 우리를 못 알아
	보는 것이야?
마루	자네들이 내 친구라고? 나의 친구들은 모두 죽은 걸로 알
	고 있는데? 그렇다면 네놈들은 귀신인가. 썩 물렀거라. 저
	승 가는 길 동료는 필요 없다.
고이	(작은 목소리로) 살짝 이상하지 않아?
윤슬	(작은 목소리로) 얼마나 힘이 들면 그럴까.
고이	마루 형. 불타는 정신과 의지로 우리를 이끌어야지. 화염보
	다 거대하고 용암보다 뜨거운 심장은 어디로 간 것이야.
윤슬	우리 곁을 떠나간 나봄 언니도 우리에게 이 일을 끝마치
	라고 강조해서 말했어. 우리가 나봄 언니의 한을 풀어주
	기 위해서는 정신 차리고 그 꿈을 이뤄줘야지. 그것이 언
	니에 대한 예의이고 언니가 원하는 것일 거야.
마루	나봄이가 정말 그렇게 말했다고?
윤슬	그래. 매일 우리에게 말하고 상기시켜줬어.
마루	그렇다면 나는 그 말을 지킬 수 없게 되었군. 내 꿈은 그
	말을 한 천사의 곁으로 가는 것이니까.
윤슬	무슨 소리야!

마루	이것 참. 차라리 입이 두 개였으면 좋겠군. 영혼을 따라가기 위해서는 일을 하지 못하고 약속을 지키자니 영혼을 따라갈 수 없고. 그렇다면 어떤 말을 취소해야 할까.
고이	(작은 목소리로) 형이 정신줄을 놓은 것 같군.
윤슬	(작은 목소리로) 정신이 이상해 보여.
마루	뭐라고? 나보고 대단하다고 했나? 정말 고마워.
윤슬	우리 이야기를 들은 거 같아.
고이	낮말은 새가 듣고 밤말은 쥐가 듣는다더니. 한마디를 더 추가해야겠군. 조용한 말은 이제 마루 형이 듣는군.

보슬 등장

보슬	이곳이 시위대의 본거지란 말이지. 당에 의하면 아무도 모르는 곳에 있는 여기가 맞아. (무대 뒤를 보며) 어서 이곳을 수색하라. 우물쭈물하다간 모두 도망갈지니 바닥을 향해 내리치는 번개보다 빠르게, 하늘을 헤엄치는 구름처럼 조용하게 저들을 잡아라.
경찰들	네.
고이	이크. 저것 봐, 경찰들 같아.
윤슬	이곳에는 어떻게 온 것이지? 우리만 아는 폐건물인데. 말도 안 돼. 저건 경찰 분장을 한 귀신이 아닐까.
고이	아니야. 저건 진짜 경찰들이야. 이 밤에 그림자같이 조용

하게 움직이는 것을 보니 훈련을 받은 비밀경찰인가 보
군. 어서 도망가자.

윤슬   마루 오빠. 어서 정신 차려. 우리 이곳에서 도망가야해.
저 사람들은 분명 우리를 잡아 제물처럼 당에게 바칠 것
이야.

고이   그래, 맞아. 저 사람들이 아무 이유 없이 이곳에 오지는
않았을 테지. 우리를 잡아 시위를 막으려고 하는 것일 거
야. 시간이 없어. 빨리 여기서 벗어나야 해.

마루   누가 온다고? 저승사자가 온다고? 내가 그렇게 찾아다니
던 저승사자가 왔구나. (보슬에게 한 걸음 다가가며) 어서 오
시오. 반가운 나의 동지여. 나를 어둠과 공포로 축제를
벌이는 지옥으로 데려다주오. 얼마를 준비해야 스틱스 강
을 건너게 해주겠소? 내가 스스로 가고자 할 것이니 노질
은 하지 않아도 되오.

윤슬   마루 오빠. 제발 정신 좀 차리세요.

고이   시간이 없다. 우리라도 빠져나가자.

마루   (윤슬, 고이에게) 나를 두고 가라. (뒤로 돌며) 모두가 나를 떠
나니 나는 이제 홀로 저승에 갈 준비가 되었다. 어서 오너
라. 거대한 죽음의 파도여, 나를 휘감아 내 영혼을 모두
가져가라.

고이   제발!

마루	영웅은 홀로 있을 때 가장 빛나는 법이지. 어서 나를 버리고 가거라, 나의 벗이여. 나는 죽어도 별이 되어 너희들의 심장 안에서 반짝이며 길을 밝혀줄 것이니.
윤슬	아, 정말 제정신이 아니구나. 이 모습을 보니 차마 마루 오빠를 두고 떠날 수가 없어. 우리의 모임을 만들고 가장 열심이던 사람을 미쳤다고 버리고 가는 것은 정이 없는 거 같아.
고이	윤슬아. 우리라도 살아서 뒷일을 도모해야지. 마루 형과 나봄 누나가 그렇게 염원했던 자유의 나라를 만들어줘야지. 홀로 버리고 가는 것처럼 보일 수 있겠지만 우리는 미래를 위해 몸을 숨겨야만 해.
윤슬	발걸음이 떨어지지 않지만 헤르메스의 신발처럼 날아가야지. 그것이 해방을 위한 길이라면.
고이	어서 가자. 우리는 훗날을 도모하자고.
마루	나는 간다. 그리고 자네들은 불타는 나를 보아주게. 불꽃이 가장 크게 피어날지어니.
윤슬	마루 오빠. 제발 조금 기다려줘. 우리가 곧 구해줄게. (윤슬, 고이 퇴장)
마루	부럽구나, 나비야. 하얀 날개를 달고 봄에 살랑살랑 날아갈 수 있으니. 부럽구나, 꿀벌아. 활짝 핀 꽃에 빠르게 앉을 수 있으니. 부럽구나, 보름달아. 달맞이꽃이 얼굴을 내

밀어 너를 반겨주니.

경찰들 등장. 마루가 경찰들에게 다가간다. 마루는 붙잡힌다.

보슬   시위대장을 잡았군. 거대한 용의 머리를 잡았으니 몸통과 꼬리는 있으나마나한 거겠지. 움직일 수도 없고 불을 뿜을 머리도 없으니 더 이상 시위대는 용이 아니니라. 히드라처럼 머리가 다시 살아나지 않는 이상 네놈들은 다시 일어설 수 없겠지. 그러니 모두 숨죽이고 살아라. 다시는 나의 경찰들을 괴롭히지 말고. 자. 들어가자.

경찰들   네! (모두 퇴장)

3막 3장
당 내부

가람   아아, 내가 더 이상 무슨 낙으로 살아야 하나. 내가 사랑
하는 사람들이 모두 내 곁을 떠나가고 홀로 남아 있는데
사는 것이 무슨 의미가 있겠나. 그들이 떠난 것은 모두
다 나의 잘못이니 누구를 탓하리. 사랑하는 사람을 모두
지워버리는 나 같은 존재는 악마의 저주를 받았구나. 그
모든 죽음과 이별을 내 손으로 만들었으니 제 형제를 죽
인 카인도 나보다는 선량하겠구나. 그로 인한 죄는 매 순
간 숨 쉴 때마다 들어오는 공허로 받고 있구나. 저주받은
나의 몸, 남은 인생 부인이나 보살피며 살아야지. 일단 수
령에게 가서 어찌 된 영문인지 알아봐야겠다. 그런데 저
것은 무엇인가. 이봐, 자네.

교도관 등장

교도관   누군데 나를 부르는가.

가람	(신분증을 보여주며) 나는 국방부장관 가람이네.
교도관	아이고 제가 몰라뵈었습니다. 여기는 어쩐 일로 오셨습니까.
가람	지금 수령님을 보러 가던 중이라네. 헌데 당 내부가 어쩌다가 이렇게 감옥처럼 변해버렸는가.
교도관	당이 특별히 관리하겠다고 하는 사람들을 위한 공간입죠. 어떻게 보면 저들에게는 참으로 영광입니다. 이 귀한 공간에서 미천한 죄수들이 사는 것인데요.
가람	지금 저기 있는 마루가 죄인이라는 것인가?
교도관	그렇습니다.
가람	왜 이곳에 있는 것이지?
교도관	저는 잘 모르는 일입죠. 저는 그저 위에서 시키는 대로 저들의 입을 감시하는 역할입니다.
가람	저 피폐한 모습은 무엇인가. 아주 섬뜩하고 고통에 울부짖는 것 같네.
교도관	아마 닫힌 입을 열고 진실을 말하게 한다고 고문을 해서 그런가 봅니다.
가람	고문? 법을 어겼다고 고문을 하는 것이야? 잘못에 대해서는 재판을 통해 시시비비를 가려 벌을 받아야 하지, 고문을 한다고?
교도관	아이고, 제가 말실수를 했나 보군요.

가람	무슨 소리인가. 자네가 무슨 실수를 했다는 것이지. 화제를 돌리지 말고 다시 말해보게.
교도관	죄송합니다. 제가 입을 잘못 놀리면 목숨줄이 끊길 수도 있으니까요.
가람	헛소리 말고 자세히 말하게나.
교도관	장군님 차라리 저를 욕하십시오. 멍청한 놈, 바보천치 같은 놈이라고 욕을 하고 두들겨패시지요. 그것으로 장군님의 궁금증이 풀린다면 저는 기꺼이 맞겠습니다.
가람	자꾸 무엇을 숨기려고 하는 것 같은데 그만 숨기고 말해보게.
교도관	죄송합니다. 입이 열 개라도 할 말이 없습니다.
가람	그래, 그렇단 말이지. 그렇다면 이 일에 대해 수령님께 물어보면 되겠군. 수령 동지에게 교도관이 무엇인가를 내게 말해주려 했는데 그것을 듣지 못했다고 하면서 말이야. 그러면 수령 동지는 나에게 자세히 설명해주겠지? 차라리 수령 동지에게 들어야겠군.
교도관	(화들짝 놀라며) 장군님. 그것만은 하지 말아주십시오.
가람	(두 눈을 부릅뜨며) 그러면 어서 말해. 지금 나의 인내심은 물을 모두 끌어올려 바닥을 드러낸 우물과 같다네. 더 이상 바닥을 긁는다면 땅에서는 이제 용암이 올라올 것이야.
교도관	장군님. 그렇다면 여기서 제가 말한 것은 모두 비밀로 해

주시는 것으로 부탁드려도 되겠습니까?

가람　도대체 무슨 비밀이 있길래 서약까지 한다는 거지?

교도관　장군님, 부탁드립니다.

가람　알겠네. 내 비밀은 눈에 흙이 들어가고 저 지하에 묻힐 때까지 발설하지 않겠네.

교도관　그럼 장군님을 믿고 말씀드리겠습니다.

가람　그래. 어서 말해보게나. 자네는 누구이며 내가 지금 있는 이곳은 무엇이고 저기 보이는 마루는 왜 저러는 것인지 또한 자네가 나에게 왜 비밀로 하려 했는지 말하게.

교도관　저는 사실 이 일에 대해 장군님이 알고 있다고 생각했습니다.

가람　자네가 교도관이라는 것? 아니면 마루가 잡힌 것?

교도관　둘 다 말입니다. 당이 시위대들을 엄벌에 처한다는 것은 알고 계시지요?

가람　알고 있지.

교도관　경찰들은 시위하는 사람들만 잡는 것이 아닙니다. 시위하는 사람들의 싹을 잘라버리려고 하는 것이지요. 시위대의 핵심 인물과 중요한 사람들을 모두 잡아들이는 것입니다.

가람　시위하는 도중에?

교도관　그렇기도 하지만 한밤중 아무도 보지 않을 때 그들을 급

습해서 잡아 온다고 알고 있습니다.

가람   집에 쳐들어간다고?

교도관   아마 그런 것 같습니다. 잡혀 온 저놈이 새벽에 왔거든요. 새벽은 무슨 시간입니까. 모두 잠에 드는 시간이 아닙니까. 그런데 올빼미마냥 밤에 활동을 하며 잡아들이는 것 같습니다. 마치 이 일이 드러나기를 바라지 않는 것 같이 말이죠.

가람   그런 일이….

교도관   저는 장군님이 당연히 이 일에 대해 아시고 계실 줄 알았습니다. 당의 고위공직자이며 국방부장관이니까요.

가람   이 일에는 군대가 전혀 관련이 없다네.

교도관   아이고, 이럴 줄 알았다면 입을 놀리지 말 걸 그랬군요. 당은 이 일에 대해 무조건적인 비밀을 강요합니다. 제가 장군님께 이 일을 말씀드렸다는 것을 알면 아마 저는 다시 입을 열지 못할 겁니다.

가람   걱정 말게. 자네의 비밀은 내가 평생 지킬 테니.

교도관   (허리를 숙이며) 감사합니다. 장군님. 당에게 충성을 다하지만 장군님에게도 충성을 다해야겠군요.

가람   그러니까 자네의 말을 정리하면 이곳은 시위자들의 감옥방이며 고문도 하는 곳이군.

교도관   맞습니다.

가람	그리고 저 마루는 시위의 핵심 인물이니 잡혀 왔고.
교도관	그렇지요.
가람	자네는 당의 명령으로 저들을 고문하고 있고?
교도관	장군님은 제가 고문을 즐기는 것처럼 생각하시는군요. 저는 그렇게 나쁜 사람이 아닙니다. 저도 어쩔 수 없이 당이 시키는 일을 하고 있습죠. 저도 같은 사람인데 누군가를 고통에 처하게 하는 것이 즐겁지는 않습니다. 미쳐가는 저들을 볼 때마다 저도 정신이 이상해지는 것 같습니다.
가람	미쳤다고?
교도관	네, 아주 제정신이 아닙니다. 특히 저 마루라는 녀석은 올 때부터 정신이 이상했으나 지금은 단단히 돌아버렸죠.
가람	마루를 한번 만나보겠네.
교도관	저 녀석을요? 장군님, 다시 한번 생각해보시지요.
가람	걱정 말게나. 그저 친분이 있어서 한번 보려는 것이네.
교도관	이곳은 아무도 들어서는 안 됩니다.
가람	그렇다면 나도 수령님께 모든 것을 말해야겠군.
교도관	(화들짝 놀라며) 아이고, 장군님.
가람	내 입을 닫게 하기 위해서는 저 감옥을 열게나.
교도관	(망설이며) 예, 알겠습니다. 그렇지만 저 녀석은 제정신이 아니니 조심하셔야 합니다.
가람	염려 말게. 그저 몇 가지 궁금한 게 있어서 그런 것이야.

교도관	그럼 잠시만 기다려주십시오. (퇴장)

교도관, 마루와 함께 등장. 마루 가슴에는 분홍색 꽃이 꽂혀 있다.

마루	친우여, 나를 어디로 데려가는 것인가. 매일 그대가 나에게 오더니 이제는 나를 데리고 가네. 드디어 자네가 나를 팔아먹을 때가 온 건가. 아, 야속한 시간이여. 우리가 어느 정도 우정이 다져졌을 때 이별을 선물하다니 무섭고 가혹한 시간의 흐름이 아니던가. 벗어날 수도 없고 거부할 수도 없는 운명이란. (가람을 본다) 아니, 이게 누구야.
가람	날세.
마루	나를 마왕에게로 데려왔구나. 어쩐지 오늘 얼굴이 겁에 질린 표정이었어. 지옥의 대마왕에게 데려오다니. 세상에, 이 인자한 얼굴을 봐. 자애롭고 따스하지 않나.
교도관	(마루에게) 조용히 해. 장군, 죄송합니다. 이 녀석이 워낙 미치는 바람에 하루에도 몇 번이나 헛소리를 해대고는 합니다.
마루	이봐, 친구. 마왕 보고 장군이라니. 얼굴로 모든 것을 판단하지 말게나. 도화지에 불과한 얼굴은 그저 눈으로밖에 보지 못할 뿐. 진정한 사람은 말과 행동에서 드러나는 법이라네. 그리고 악마는 가장 아름다운 얼굴을 가지고 있지. 흉측하게 생겼다고 생각할 거라면 오산이야.

가람	자네는 이만 나가보게. 나는 이 친구와 단둘이 있고 싶네.
교도관	장군, 그렇지만 이놈이 제가 없는 사이 무슨 일을 할지 모릅니다.
마루	단둘의 만찬이라니 참으로 기쁘군.
가람	걱정 말고 그만 나가보게.
교도관	(머뭇거리며) 예, 알겠습니다. 조심하십시오. 무슨 일이 있으면 저를 불러주시기 바랍니다.
가람	알겠네. (교도관 퇴장)
마루	드디어 우리의 만찬 시간이 시작되었구나. 이렇게 아름다운 날이 있을까. 어둠이 우리를 빛나게 해주고 내 앞에는 죽음의 독배와 공허의 음식이 있나니 참 아름다운 곳이로구나.
가람	자네는 나봄의 마지막을 보았겠지. 나봄이의 마지막은 어땠는가.
마루	이게 무슨 일인가. 악마의 입에서 천사의 단어가 나오다니. 참 듣기 거북하구만.
가람	(큰 소리로) 나봄이는 어땠냐니까?
마루	이크, 깜짝이야. (교도관 등장)
교도관	무슨 일 있으십니까. 제가 없는 사이 이 녀석이 무슨 말썽이라도 친 겁니까?
가람	아닐세. 내가 잠시 흥분을 했던 모양이야.

교도관	이놈이 장군님을 해치려 했나요?
가람	아니네.
교도관	이놈이 장군님의 심기를 건드렸나요?
가람	그건 맞지만 크게 신경 쓸 일은 아니네.
교도관	정말 괜찮으신지요?
가람	나는 괜찮네. 자네는 다시 나가 있어주게. 미친 녀석을 상대하니 나도 미쳐가는 거 같아.
마루	남들보다 뛰어나고 위대한 사람은 때때로 미쳤다는 소리를 듣기도 하지.
교도관	예. 장군. 저는 다시 나가겠습니다. (퇴장)
마루	(노래한다) 우리는 모두 의사라네. 아픈 것이나 잘못된 것이 있으면 고쳐야지. 아버지는 의사. 아픈 사람들을 치료하지. 나도 역시 의사. 아픈 나라를 치료하려 하지. 나봄이도 의사. 치료하려다 빛을 잃어버렸지. 그런데 여기 모든 것을 방관하고 병균에게 충성하는 자가 있다네. 그도 사실은 의사라네. 자신의 충성심을 고치려 하니. 그래서 그는 부와 명예를 얻었네. 다른 사람을 죽여 그 영혼을 자신의 지갑에 넣었네. 더러워. 끔찍해. 불결해.
가람	그만!
마루	(이어서 노래한다) 그는 정말 놀라워. 다른 사람도 아니고 자신이 가족들을 모두 죽음에 빠트렸지. 그는 부정하지

만 진실은 그도 알고 있다네. 모른 척하려 해도 눈앞에 놓여 있는걸.

가람 네 이놈!

마루 (계속 노래한다) 그는 계속 부정한다네. 그리고 스스로를 위안하겠지. 이런 야릇한 녀석! 자신이 죽이지 않았지만 사실은 그가 모두를 죽였다네. 왜냐하면 살인자를 섬기고 따르고 있으니까. 의리로 따지면 세상 누구도 그를 따라갈 자가 없을 거야. 그렇지만 홀로 너무 멀리 와서인지 그의 곁에는 아무도 없게 되었네.

가람 나를 조롱하는 데 아주 도가 텄구나. 그래. 나봄이는 내가 죽였지. 나의 무지가 죽음을 불렀어. 그로 인해 나의 사랑스러운 누리도 지금 쓰러져 있지. 근데 내 아들은 무슨 연관이 있지?

마루 하하. 이것 좀 보게. 연기 실력이 아주 훌륭해. 배우를 해도 되겠어. 모르는 척 연기라면 세상 1인자가 될 것 같군.

가람 대체 무슨 소리인가. 내가 뭘 모르고 있다는 것인가.

마루 이거 봐. 정말 모르는 것인가? 세상 사람 모두가 눈을 뜨고 있는데 혼자만 눈을 감고 있네. 아니면 눈은 떴는데 안대를 끼고 있는 것인가.

가람 내가 아들에 대해 모르는 것이 있나?

마루 모든 부모는 자기 자식에 대해 다 알고 있다고 생각하지만 그건 큰 착각이지. 보이는 것만 확신하지 마. 서로는 서로에게 말 못할 비밀이 있을 것이니. 모르는 게 약이라고 하지 않나.

가람 말 돌리지 말고. 어서 내가 모르는 것을 말해. 우리 아들이 어땠길래.

마루 잠시 기다려보게나. (가슴의 꽃에게 말한다) 나봄아. 내가 어떻게 해야 할까? 그래. 그래. 알겠어. 나봄이가 나에게 말하는군. 당장 집으로 돌아가 오라버니의 일기장을 보라고. 기록이라는 것은 불멸하니까. 죽으면 없어지는 것이 아니지. 오히려 빛나는 경우가 있단 말이야.

가람 (방백) 저놈이 미쳤지만 왜인지 저 녀석의 말이 일리가 있게 들리는구나. (떠나려고 한다)

마루 어디 가는 것인가. 자네는 가더라도 나를 나봄이 곁으로 보내주어야지. 자네 안주머니에 있는 철로 만든 물건은 충분히 그럴 능력이 되지 않나?

가람 교도관! (교도관 등장)

교도관 장군님. 이제 가십니까.

가람 나는 이만 가보겠네. 내가 여기 본 것을 비밀로 하듯이 자네도 내가 여기 왔다는 것을 비밀로 해주게.

교도관 네네. 감사합니다. 제가 입이 참으로 무거워서 말이죠. 물에 빠졌을 때 입이 가장 먼저 가라앉을 겁니다.

가람	알겠네. (퇴장)
교도관	(마루에게) 이리 와. 아무런 상처가 없는 것을 보니 장군님이 자비를 베푸셨구나. 감사하거라.
마루	무슨 소리인가. 저 녀석은 나를 죽이지 않고 고통만 주었으니 나는 엄청난 형벌을 받았는데.
교도관	시끄럽다. (교도관, 마루 퇴장)

3막 4장
가람과 누리의 집

무대 가장자리에 책장이 있다. 가람 등장

가람 내가 왔소. 아, 이제 나를 반겨줄 사람은 없지. 공허야, 반
갑다. 비어버린 내 마음을 반겨주는구나. 어둠아, 반갑
다. 보이지 않는 내 앞날을 반겨주는구나. 아아, 아직도
나를 맞이하는 아내와 딸이 눈앞에 어른거리는데, 차라
리 귀신이라도 좋으니 내 앞에 한 번만이라도 나타나주면
좋으련만. (엎드려서 울다가 다시 일어서며) 이럴 때가 아니지.
슬픔에 잠겨 주저앉아 있으면 되는 일은 아무것도 없지.
정말로 내 인생을 변화시키고 싶다면 다시 일어서자. 무
릎이 까져도 다리가 아파도 앞으로 나아가야지. 그러다
보면 무슨 방법을 찾을 수 있겠지. 일단 마루 녀석이 말
한 것에 대해서 알아보자. 워낙 제정신이 아닌 상태에서
내뱉은 헛소리일 수도 있지만 그건 나도 마찬가지 아닌
가. 동질감인가, 아니면 측은함인가. 같은 마음을 가졌기

에 그 소리를 무시할 수 없군. 과거 총명하고 단호한 말투를 가졌던 학생이었던 것은 사실이니 아무리 미쳤다 해도 무시할 수는 없구나. 나도 참 정신이 나갔는지. 일단 아들의 방에 가보자. (책장에 다가간다) 우리 아들이 남긴 마지막 기록을 보라고? 어디 한번 보자. 아들이 떠나간 이 공간을 그대로 남겼기에 다행이구나. 잊지 못하고 기억하기 위해 만들었던 곳인데 내가 어찌 너를 잊을 수 있겠니 아들아. 그때로 돌아가 시간과 공간이 멈추어버린 것 같구나. 아들아, 너의 마지막 기록은 무엇이니. (책을 골라서 든다) 아마 그건 일기겠지. 한 개인의 모든 생각과 행동이 이 공책 하나에 모두 들어갈 수 있는 곳인데. 드러내지 못한 생각들도 이 글에 담겨 있으니 이 일기는 너와 같구나. 내가 감히 베일에 싸인 이 비밀을 봐도 될까. 내가 지금 괜한 짓을 하는 것은 아닐까. 많은 고민이 드는구나. 하지만 내가 이 일기를 읽으면서 아들의 마지막을 위로할 수 있다면 그것도 괜찮지 않을까. 복잡한 생각은 떨쳐두고 그냥 행동으로 옮기자. (일기를 펼치고 읽는다)

머리가 깨질 듯이 아프다. 유리도 내 머리보다는 단단할 것이야. 이제 저승사자가 나에게 오기까지 한 걸음밖에 남지 않았구나. 더 이상 이 일기를 쓸 수 있을 것 같지 않아.

가람	이 기록은 내 아들의 마지막 기록이구나. 글로만 보아도 그 고통이 얼마나 클지 상상도 되지 않는구나. 이것만 보아도 미안함과 후회가 밀려드는데 감히 더 읽을 수 있을까. 마루야, 네가 나에게 말하고 싶은 진실이 도대체 무엇이냐. 이 일기를 읽는 것이 가시밭길과 같이 아플 것 같은데 정녕 읽어야 하는 것인가. (읽는다)

얼마나 큰 병에 걸린 것인가. 토를 하며 내 안의 모든 것을 비워내다니. 갑자기 이게 무슨 일인가. 건강하던 내가 갑자기 병을 얻다니. 큰 병원의 의사들도 병명을 알 수 없다고 하니 병이 맞기는 할까.

의사는 내게 큰 병원에 가보라고 한다. 생각해보니 그분은 명의었다. 자신도 모르고 어쩔 줄 몰라 손도 댈 수 없는 병을 남에게 치료하라고 권하는 것도 명의이지. 실력도 없고 자존심만 강하면 환자는 목숨을 잃을 게 분명하니까.

가람	조금이라도 아팠을 때 너를 지켰어야 하는 건데. 국민을 지키는 일을 하는 아비가 정작 내 아들을 지키지 못했으니 이 무슨 일인가. 마루 녀석이 말한 진실은 도대체 언제 나오는 것이야. 보기만 해도 고통스러운 이 글을 언제까지 읽어야 하는 것인지. (읽는다)

오늘 감기 백신을 맞았다. 처음에는 팔이 욱신거렸으나 글을 쓰는 지금은 괜찮다. 이제 감기 걱정 없이 살아야지.

가람 잠깐, 내가 제대로 본 것이 맞겠지? 감기 백신? 지금 저기 밖에서 시위하는 사람들의 시위 이유 중 하나가 아닌가. 설마 같은 백신인가. 설마. 다시 생각을 해보자. 아들이 백신을 맞은 것은 작년. 수천 명의 사람들이 죽은 것도 작년. 연도가 일치하는구나. 아아. 같은 백신이었어. 약으로 둔갑한 독극물이 내 아들에게 왔구나. 마루가 말한 진실이 이거였구나. 나도 사실은 저기 밖에서 시위를 했어야 하는구나. 나에게 명령을 내리는 사람, 내가 지키는 사람이 나의 아들의 죽음에 연관이 되어 있다니. 말도 안 돼. 모두 거짓말이야. 내가 잘못 이해한 것일 거야. 다시 보자. 글씨를 잘못 읽었겠지. 당이 내 아들을 실험용 쥐로 썼다는 것이 말이 안 되지 않은가. (읽는다)

오늘 감기 백신

가람 다시 읽어도 변치 않는 사실이구나. 당이 유포한 백신이 내 아들을 죽였어. 내가 윗사람으로 모시던 그 사람이. 어둠에 가려진 진실이 드디어 드러나는구나. 나는 그동안

장님이었어. 눈앞에 아들을 죽인 살인자를 섬기며 살고 있었다니. 이 무슨 운명의 장난인가. 용서할 수 없다. 내가 섬기던 사람이 내 모든 가족들을 죽음에 빠뜨렸구나. 죽음은 죽음으로 갚아야 하는 것. 자고 있던 나의 근육들이여, 일어나거라, 느리게 흘러가는 강물 같은 나의 피여, 세차게 흐르거라. 광대처럼 나를 조롱한, 괴물같이 거대한 당을 파멸에 이르게 할 것이다. 자식들을 죽음으로 내몰았던 것은 모두 해치워버리겠다. 설령 그것이 당이라 해도. 반역이라고? 상급자의 명령을 거스르는 것은 군인이 아니라고? 그렇다면 나는 기꺼이 반역을 하겠다. 오로지 복수만으로 내 마음을 막을 것은 없으리. (문 두드리는 소리) 누구시오. 들어오시오.

도두 등장. 다급하게 뛰어 들어온다.

도두 큰일났소. 누리가 죽었다오.

가람 불행이 폭주하는 기차와 같구나. 멈출 수 없는 불행의 종착지는 어디인가. 결국 기어이 나의 모든 가족들은 세상을 떠났구나. 이제 남은 것은 나뿐이야. 모두 순수하고 착했던 사람들이었는데 나보다 먼저 천국으로 향했구나. 가장 신경 써야 할 가족들에게 신경을 못 쓰고 그들을 죽인 사람을 섬긴 사람. 그 모든 죄악은 내가 행했는데 나만 살아남다니. 신이시여, 가장 많은 죄악을 가진 저를 데려가지 않은 이유가 무엇입니까. 차라리 저를 데려가시고 제 가족들을 남겨주지 그러셨습니까. 저를 고통에 빠트리는 것이 이리도 즐거우십니까. 그렇다면 당신은 성공하셨습니다. 저는 뼈가 깎이고 살이 파이는 고통보다 더욱 힘이 드는 상태니까요.

도두   정말 유감이오.

가람   미안하오, 부인. 내가 그대를 지켜주지 못해서. 장군이라는 작자는 권력에 눈이 멀었나 보오. 진실을 보지 못하고 가족을 보지 못했기에 그대를 잃었소. 나의 만행에 그대는 얼마나 애처롭게 죽어갔는가. 대지를 은은하게 비춰주던 달이 없어지면 지구는 어떻게 살아야 하는가. 나는 차라리 죽는 것이 낫겠구나. 도두, 하나만 확실히 하고 싶소. 뭐 좀 물어도 되겠소?

도두   어떤 것을 물어보고 싶은 거요?

가람   나는 내 아들이 갑자기 병에 걸려 죽어서 병을 원망했소. 그런데 오늘 아들의 일기를 보니 그가 죽기 직전 백신을 맞았다고 했소. 그렇다면 백신이 내 아들의 죽음의 원인이 될 수도 있는 것이오? 그대는 백신에 대해 파고들었던 의사지 않소?

도두   아들이 어떤 병을 앓았소?

가람	난 의과적 지식에 문외한이나, 자가면역질환이라 들었소.
도두	세상에. 지금 밖에서 시위하는 유족들의 가족들도 모두 그 질환으로 사랑하는 사람들을 잃었다오. 공식석상에서는 과학적 증거가 없기에 이런 말을 함부로 할 수 없지만 개인적 추측으로는 맞다고 할 수 있겠소.
가람	오오, 이럴 수가. 정말이었어. 내 아들을 당이 죽인 것이야. 그렇다면 이제 내 모든 가족은 당에 의해 살해당한 것이야.
도두	그대는 이제 어찌할 것이오.
가람	오, 의사 양반. 그대는 의사가 아니오? 나를 고쳐주시오.
도두	어디가 아픈 것이오? 아픈 곳이 있으면 빠르게 말해주시오. 모든 병은 초기에 발견하는 것이 중요하지. 조금만 늦는다면 이미 손쓸 수도 없이 병에 지배된다오.
가람	역시 그대는 명의요. 나를 도와주시오. 나는 지금 세상을 잃었소. 깊은 심해에 빠져 앞은 보이지 않고 어디로 나아갈지 몰라 허우적거리는 사람과 같소. 어디로 나아갈지 모르고 어떻게 해야 할지도 모르는데 나의 마음은 모래처럼 바스러지고 있소. 이를 어찌하면 좋단 말이오.
도두	그대의 마음속에 지금 존재하고 있는 감정은 무엇이오. 자세히 설명해보시오.
가람	복수! 지금 내 머릿속에는 내 가족들을 처참히 죽인 당에 대한 복수밖에 없다오. 이제 내 삶의 목적은 오로지

복수로 가득 찼소. 머릿속에는 충심 대신 반역이, 가슴에는 뜨거운 열정 대신 피의 복수가 넘치고 있소.

도두 그대의 복수 상대는 거대한 권력을 가진 당이오. 그리고 당신은 그들을 상관으로 둔 군인이지. 정말 괜찮겠소?

가람 내가 사지가 찢기고 목숨을 잃게 되더라도 나는 당을 파멸시킬 것이오. 내가 상관의 명령에 복종하지 않는다고? 나는 그 위 국민의 명령을 들을 것이오. 내가 군인이 된 이유는 당을 지키기 위해서가 아닌 국민을 지키기 위해서요.

도두 지금 당신의 말에 책임질 수 있겠소?

가람 나의 말을 스틱스 강에, 하늘의 신에게 맹세를, 지옥의 악마에게도 맹세하오. 무슨 일이 있어도 이 일은 반드시 지키고 말 것이오. 제아무리 그대라도 내 발목을 잡는다면 나는 그대를 떨쳐낼 것이오.

도두 나는 당신의 마음을 의심하지 않소. 말리고 싶은 생각은 더더욱 없지. 나는 그저 확답을 듣기 위해 재차 묻는 것이오. 정말 그대가 시위대의 뜻에 함께하여 굳은 마음을 가질 것인지 보는 것이오.

가람 나는 모든 것을 잃었소. 돈과 명예? 그딴 것은 나에게 아무 의미가 없소. 육체는 살아 있지만 정신은 죽었고 심장은 멈췄는데 어찌 살아 있다 할 수 있겠소. 속이 빈 인형이 차라리 나보다 나을 것이오. 인형은 주변 사람들을 죽이지 않으니. 그러나 나는 자식이 죽은 것을 방치하며 살인자를 섬겼기에 무슨 일을 해도 씻을 수 없는 죄를 지었소. 내가 할 수 있는 일은 매일 밤마다 하늘에 있는 자식을 위해 기도를 드리는 일밖에 없소, 그리고 그들의 꿈을 이뤄줘야지. 아들이 이루지 못한 국민을 지키는 꿈, 딸이 이루지 못한 자유의 꿈, 그리고 아내가 이루지 못한 평화의 꿈을 내가 이뤄줘야 하지 않겠소.

도두 　정말 시위에 참가하여 반역을 할 생각이오?

가람 　필요하다면, 시위대가 나를 필요로 한다면. 내 딸이 정말 원하는 것이 그것이라면 나는 기꺼이 참가하겠소.

도두 　그렇다면 나와 잠시 어디 가야겠소.

가람 　어디를 말이오.

도두 　세상의 눈이 볼 수 없도록 어둡게 되어 있지만 가장 빛나는 곳이오.

가람 　그렇다면 죄악의 옷을 입은 내가 가기에 가장 적합한 곳인 것 같소. 안내해주시오.

도두 　그렇다면 최대한 갖춰서 나를 따라오시오. 추적이 될 수 있는 전자기기는 두고 군복은 벗어두고 편안한 옷차림으로 나를 따라오시오.

가람 　왜 그렇소?

도두 　확실치는 않지만 나의 아들이 당에 잡혀서 그렇소. 아무도 모르는 공사판에 경찰들이 들이닥쳐 잡아간 것은 통화를 도청하고, 문자를 추적하고, 위치 정보를 모으기 때문인 것 같소. 그러니 그대도 불편하겠지만 양해해주시오.

가람　알겠소. 그럼 잠시만 기다려주시오. (퇴장)

도두　장군은 당에 의해 가족을 잃었군. 참으로 안타깝구나. 아니지. 내가 그를 안타까워할 처지가 되는가. 나조차도 가족들을 모두 잃었는데. 나의 아내는 비행기 사고로 잃었고 아들은 당에 잡혀갔으니 장군과 내가 다를 게 무엇인가. 그나마 다행인 것은 아들이 살아 있을 수도 있다는 희망이 있다는 것인가. 제발 살아만 있어 다오. 아무리 힘들고 아프더라도 내가 고쳐줄 수는 있지만 목숨을 잃어버린다면 세계 최고의 명의가 오고 어디에도 없는 영약을 구해도 너를 살릴 수 없단다. 그러니 제발 다 꺼지는 목숨이라도 살아만 있어 다오.

가람 등장

가람　자, 이제 갑시다. 나에게 보여줄 것은 무엇이오. 나의 운명이 새롭게 맞이할 것은 무엇이오. 나의 목숨은 헌신짝에 불과하고 두려움은 없소. 그대가 하고자 하는 일이 나와 같다면 나는 온 힘을 다해 그대와 함께하겠소.

도두　좋소. 나를 따라오시오. 내 집에 갑시다. (모두 퇴장)

4막

4막 1장
도두 집

도두, 가람 등장

도두   이제 다 왔소. 하늘은 어둡지만 내부는 활활 타오르고 밝
            게 빛날 것이오.

가람   좋소. 그런데 저건 무엇이오?

새결과 윤슬, 고이 등장. 윤슬, 고이는 수갑을 차고 있는 상황

새결   어서 가자고, 이놈들아. 네놈들이 저항할수록 내 매질은
            더욱 강해질 것이니.

고이   그 채찍은 우리 같은 국민이 아니라 다른 곳을 향해야 하
            지 않겠습니까?

새결   너는 반역을 저지른 죄인이기에 이 곤봉이 잘 어울리지.
            (고이를 때린다)

고이   이제는 서슴지 않고 국민을 때리는구나. 폭군 밑에서는

그에 어울리는 부하가 나타나는 것인가.

윤슬   고이야, 우리 조용히 가자. 우리가 말하는 것은 모두 폭력
       의 자극제가 되니.

새결   (윤슬을 보며) 이놈은 조금 똑똑하구만. 그래. 네놈은 말이
       통하니 묻겠다. 이 집의 주인은 어디 있지?

윤슬   알아서 뭐 할 것인가요. 집을 빼앗으려고요?

새결   예끼, 우리가 그렇게 도둑인 줄 아느냐. 그저 집주인을 수
       사할 게 있어서지.

윤슬   잘못된 일을 하지도 않았는데 왜 수사를 하려고 하나요.

새결   시위를 하면서 법을 어기는 행동을 하는데 국가가 가만
       히 있을 수 있나. 범법자의 가족을 수사하는 것은 당연한
       일. 그리고 너희들은 그 과정에서 잡힌 죄인들이고.

고이   스스로에게 부끄럽지도 않은가. 너희들이 아무리 부하라
       고 해도 이런 일까지 하는 것이야.

새결   글쎄, 나는 그저 당의 꼭두각시이기 때문에 나한테 뭐라
       하지 말게나. 원망의 대상을 찾으려거든 나보다 더 위의
       사람에게 하도록.

도두   (새결에게 다가간다) 무슨 일이시오?

새결   드디어 오셨구만. 이 집 주인 되십니까?

도두   내가 이 집의 주인이오. 무슨 용건으로 오셨소?

새결   당신을 찾기 위해서지요.

도두	나를? 무슨 이유로 찾는 것이오?
새결	시위를 주동한 사람의 아버지라는 점에 있어 당에서 보자고 하십니다. 아들이 불법 시위를 주동한 행동을 알고 계시지요?
도두	지금 시대가 어느 시대인데 연좌제를 언급하는 것인가. 내 아들이 시위를 한다고 나도 시위를 한다는 근거가 있는가.
새결	저는 잘 모릅니다. 그저 당의 명령일 뿐. 그러니 저희를 따라오시지요.

가람 걸어온다. 의사 옆에 선다.

가람	무슨 일인가.
새결	누구냐.
가람	날세. 국방부장관 가람이라 하지.
새결	거짓말. 높은 직급의 힘을 이용해 이 상황을 벗어나려 하는 모양인 것 같은데 내가 속을 것 같은가.
가람	(신분증을 보여주며) 거짓말은 없네. 그러니 의심하지 말게.
새결	(신분증을 본다) 아이고, 장군님. 제가 몰라뵈었습니다. 당의 고위공직자분을 제가 몰라뵈었습니다. 용서하여주시옵소서.
가람	괜찮네. 그런데 자네는 무슨 일을 하는가.

새결	저는 당의 명령을 받고 집을 압수수색하고 있었습니다. 헌데 당이 장군님에게도 명령을 내리셨는지요? 어떻게 저희보다 먼저 의사를 찾으셨습니까.
가람	자네는 이 의사를 찾고 있다 했지?
새결	에, 그렇습니다.
가람	그리고 그것은 당의 명령이고?
새결	그렇습니다.
가람	나 역시도 당의 명령을 받는 입장이지. 자네와 다른 직업이긴 하지만 당이 하는 일에 대해 내가 모를 리가 없지 않나.
새결	그렇습니까?
가람	그래서 내가 먼저 와서 의사를 만났지. 과연 어떤 연유로 당이 찾는지 궁금해서 말이야.
새결	모든 의문점이 풀리셨습니까?
가람	그러하네. 당이 시위 주동자의 아버지라고 예의주시하는 모양이야. 그러나 내가 이야기를 나누어보니 그는 법에 걸릴 만한 것은 없어 보였네. 내가 촘촘히 거미줄을 쳐서 꾀어보려 해도 걸릴 것이 없단 말이야.
새결	죄송합니다만 저희는 오늘 이 의사를 데리고 가야 합니다.
가람	의사는 죄가 없다니까.
새결	그렇지만 당이 꼭 데리고 오라고 하셨습니다.

도두	그렇다면 내가 친히 가야겠군.
새결	좋은 생각이십니다.
가람	(의사에게) 정말이오?
도두	당이 나를 보고 싶다는데 가야지. 죄가 있다면 응당 벌을 받을 것이고 죄가 없다면 풀려나올 것이오. 아무리 쓴 독배라도 나를 위해 준비했다는데 내가 친히 마셔야지. 그것이 주변 사람을 위한 일이라면.
새결	옳으신 말씀입니다. 어서 가시지요.
도두	가기 전 장군과 마지막으로 인사를 하고 싶네.
새결	(장군을 보며) 이분과 이야기는 충분하게 하지 않았습니까?
가람	(새결을 보며) 생각해보니 마지막으로 이 자가 당에 가기에 충분한지 내가 검증을 해야 할 것 같네.
새결	장군님.
가람	내 걱정은 말게.
새결	그럼 저는 이 두 놈을 차에 태우고 다시 오겠습니다. (새결, 고이, 윤슬 퇴장)
가람	나에게 할 말이 무엇이오?
도두	잘 들으시오. 시간이 없어 빠르게 말할 테니.
가람	알겠소.
도두	장군은 이제 당을 향해 총구를 겨눈 것이오. 당이 당신에게 먼저 슬픔과 절망에 가까운 죽음을 주었으니.

가람	당에 대한 내 복수는 누구도 막을 수 없소. 제아무리 값나가는 금은보화도, 세상을 움켜쥐는 권력과 명예도 나를 꾀지는 못할 것이오.

새결 등장. 멀리서 지켜본다.

새결	아직 이야기 중이시군. 멀찍이서 보고 있어야겠다.
도두	(장군의 손을 잡으며) 이 손에 당신의 복수와 나라의 미래가 달려 있소.
새결	의사가 살려달라고 비는 모양이군.
가람	내게 이토록 막중한 임무가 달려 있다니. (손을 뿌리치며) 내가 정말 잘할 수 있겠소? 이 손은 자식을 죽인 피 묻은 손이오. 자칫 그대와 시위대마저도 피를 묻힐 수 있소. 나를 믿을 수 있겠소?
새결	의사의 부탁을 내팽개치는 저 모습을 봐. 정말 피도 눈물도 없는 장군님이군.
도두	(다시 손을 잡으며) 아니오. 무지로 인한 피는 깨끗한 물로 씻을 수 있소. 실수로 얼룩진 그대의 손을 다시 먼지 없는 정의의 손으로 만들어보자고 말하고 싶소.
가람	알겠소. 당신과 함께 내 자식들과 아내의 복수를 함께하겠소.
도두	좋소. 그러면 내가 없는 대신 이제 당신이 내 역할을 대

신하시오. 그대의 어깨에는 이제 당이 주는 견장 대신 국민이 주는 견장이 달려 있다는 것을 명심하시오.

가람   나의 복수를 위해, 국민의 명령을 받들어 같은 목적을 가지고 나아가겠소.

도두   이제 내 말을 잘 듣고 기억하시오. 내 집에 들어가시오. 그러면 숨어 있는 시위대를 볼 수 있을 것이오. 경찰이 와서 지금은 내 집 지하실에 숨어 있소. 당신이 가서 그들을 다시 꺼내주시오. 책상에 그 버튼이 있소. 그리고 그들의 도움을 받아 당을 향해 가시오. 무릇 백지장도 맞들면 낫다고 하지 않았소. 함께하면 일이 더 수월해질 테니 같이 아침을 향해 나아가시오.

가람   알겠소. 그런데 내가 어떻게 그들을 이끌어내겠소?

도두   (손에서 반지를 빼내며) 여기 이 반지를 보여주시오. 이 반지는 나의 결혼반지요. 세상 누구에게도 줄 수 있는 물건이 아니지. 그러니 이것을 보여주면 그들은 당신을 믿을 것이오. (반지를 가람에게 준다)

새결   세상에. 이제 장군님이 의사의 반지를 빼앗으려 하는군.

도두   그리고 그들이 나오면 이야기하시오. '희극은 비극을 통해 완성된다'라고.

가람   알겠소. 내 당신의 말을 기억하고 다시 그대를 꺼내어주리라. (새결을 부른다) 경찰은 왔는가. 여기 이 의사를 데려가게. 당에 갈 때 위험한 물건을 가지고 있지 않을 사람이야.

새결 (가까이 다가간다) 장군님. 이야기는 모두 끝났습니까?

가람 그렇네. 어서 이 자를 당에 데려가게.

새결 예, 장군님. 그럼 저희는 이만 물러나겠습니다. 장군님도 쉬엄쉬엄 하시지요. 일이란 적당히 하면 즐거우나 과하게 한다면 과로로 쓰러지기 마련입니다.

가람 내 걱정은 말게나. 나는 조금만 더 의사 집을 수색해보겠네.

새결 저희가 둘러보았으나 별 이상은 없었습니다.

가람 너희가 보는 관점과 나의 관점은 다르지. 내가 조금 더 수색하고 수상한 점이 있으면 당에 보고하겠네.

새결 참으로 충성스럽고 열정이 넘치시는 분입니다. 장군님이 태양과 같다면 저희는 호롱불이니 큰 사람의 뜻을 감히 헤아리지 못하겠습니다. 그러면 저희는 이만 물러가겠습니다.

가람 알겠네. 수고하게.

새결 네. 수고하십시오. (새결, 도두 퇴장)

가람 무사히 넘어가서 다행이군. 지금 저 의사의 집에는 영롱한 빛이 있는데 그들을 빼앗겨서는 안 되지. 그들이 잡혀간다면 나는 날개 없는 새요, 뿌리 없는 나무와 같은데 하늘을 향해 나아가기 위해서는 지원군이 필요하지. 비록 의사는 잡혀갔지만 다시 구해내면 되는걸. 오, 나의 가족들이여. 이럴 때 너희들이 보고 싶구나. 의사와 마루를 구할 수 있듯이 너희들도 구할 수 있다면 내 목숨을 바칠 수도 있는데. 내가 오르페우스처럼 저승에 갈 수 있다면 참 좋을텐데. 그러나 너무 늦었다. 내가 할 수 있는 것은 가족의 복수와 꿈을 이루는 것일 뿐. 온몸의 근육이여, 움직여라. 신경이여, 감각을 곤두세워라. 지식이여, 방대하게 미래를 대비하여라. 모든 것이 한 목표를 향하도록. (퇴장)

4막 2장
도두 집

책상이 무대 가장자리에 있다. 가람 등장

가람 모든 불이 꺼진 집인 줄 알았지만 아직 켜진 불이 있구나. 어두워서 아무것도 보이지 않을 것이라 생각했는데 아직 남은 불이 있었어. 저 불은 나를 이곳으로 이끄는 불인가. 여기 남아 구원의 손을 기다리는 불인가. 어찌 되었건 내가 가야 할 길이라는 것은 분명하군. 이곳이 의사가 말한 곳인데 책상 위에 저것은 무엇인가. 저것이 의사가 말한 지하실로 들어가는 버튼인가? 이것이 제발 길을 인도해주기를. (책상 위의 버튼을 누른다)

문 열리는 소리와 함께 웅성거리는 소리. 여울 등장

여울 기다리세요. 제가 무슨 일인지 보고 올 테니. (장군에게 다가가며) 의사 선생님. 어디 계십니까?

가람	의사는 당에 잡혀갔네.
여울	(놀라며) 너는 누구냐.
가람	자네는 누구인가.
여울	의사 선생님은 어디 갔지? 그분이 안 계시고 왜 당신이 있는 것이야.
가람	그분은 당에 끌려갔다니까.
여울	끌려갔다고? 당에게? 이런. 생각했던 일이 현실이 되었구나. 불쌍한 우리 의사 선생님. 우리를 위해 모든 짐을 안고 떠났구나.
가람	자네는 의사와 함께한 사람인가?
여울	나까지 끌고 가려고? 그래. 어디 마음대로 해보든지. 나도 끌고 가면 속이 편하겠나.
가람	여기 있는 것이 자네 혼자만은 아닌 거 같은데.
여울	(당황하며) 지금 이 공간에는 나밖에 없지 않나. 데리고 가고 싶으면 나를 데려가.
가람	거짓말을 하는군.
여울	무슨 소리인가. 나를 당에게 데려가 충성심을 보여. 그것이 당신이 원하는 것이 아닌가.
가람	나를 아직 믿지 못하는군.
여울	내가 너를 왜 믿어야 하지? 차라리 팥으로 메주를 쑨다고 하는 말을 믿겠군.

가람	희극은 비극을 통해 완성된다.
여울	(놀라며) 뭐라고?
가람	희극은 비극을 통해 완성이 된다고 의사가 늘 그렇게 말하지 않았나?
여울	무슨 의미로 그런 말을 하는지 모르겠군.
가람	의사가 자네들에게 자주 했던 말일 텐데.
여울	어떻게 그 말을 알았는지 모르겠으나 그것이 나와 무슨 상관이지?
가람	(반지를 보여주며) 그럼 이것을 보게나. 자네가 이럴까 봐 의사가 신뢰의 표시로 이 반지를 주었지.
여울	오, 이 나쁜 녀석. 의사를 데려간 것도 모자라 이제는 반지까지 빼앗다니. 물욕에 눈이 멀어 가진 것도 없는 의사에게서 모든 것을 빼앗는구나. 미다스 왕도 네놈 앞에서는 검소하다 하겠구나. 그래, 이 욕심 많은 녀석아. 내 목숨도 가져가라.
가람	진정하시오. 나는 그대를 해치러 온 것이 아니라 함께하려 하는 것이오.

학생 등장. 뛰어온다. 가슴에 분홍 꽃이 있다.

학생	괜찮으세요? 그만하세요.
여울	여기 나오지 말랬잖니. 이 사람은 우리를 끌고 갈 것이야.

학생	이 사람은 나봄 누나의 아버지라고요.
여울	무엇이? 정말입니까?
가람	그렇소. 자식이 죽는 것을 보고도 눈 하나 깜빡하지 않은 천하의 못된 아비요. 내가 나봄이의 아버지라 불릴 자격이 있을지 모르겠지만 공식적으로는 아버지가 맞소.
여울	너는 이분을 어떻게 알았느냐?
학생	나봄 누나가 저에게 이야기했어요. 자신의 사랑하는 아버지라고요. 우리나라의 최고의 군인이자 강한 힘을 가진 어진 분이라고요.
가람	나봄아. 아비를 사랑하는 네 마음이 이토록 컸다니. 네가 나를 사랑하는 만큼 내가 보답해주지 못해서 미안하다.
여울	정말 당의 장군이 맞나요?
가람	그렇소. 누구보다 덩치 크고 사납지만 사실 당의 목줄을 차고 있는 개와 같은 자. 그것이 바로 나요.
여울	근데 어떻게 이곳에 오셨습니까? 당의 명령을 받고 온 것이 아니었습니까?
가람	나는 그대들을 잡아가려고 온 것이 아니오. 그대들에게 해를 입히려 온 것도 아니지.
학생	그렇다면 우리와 함께하겠다는 것인가요?
가람	그렇소. 당이 딸을 죽이는데도 보호하지 못한 죄, 그리고 이를 방치한 죄를 지었지. 그래서 조금이라도 속죄하고자

딸의 뜻과 염원을 이루도록 내 인생을 바칠 것이야.

여울   정말입니까?

가람   내 모든 명예와 나의 인생을 걸고 지금 한 이야기는 진실이오. 자신의 권력을 위해 국민을 죽이는 악마보다 더 교활하고 사악한 당은 나의 적이지. 사랑과 평화가 가득한 나의 가정을 위선과 힘으로 박살내어 다시 돌이킬 수 없도록 만든 것이 당이야. 딸은 폭력으로, 아들은 실험대상으로, 아내는 조롱으로 세상을 떠났지. 오오, 다시 한번 말함으로써 복수의 칼날이 더욱 날카로워지고 살기를 띠는구나.

학생   나봄 누나 일은 정말 슬퍼요. 근데 실험대상이라는 것은 감기 백신 말하는 건가요?

가람   그래. 그런데 나는 그 사실을 너무 늦게 알아버렸어.

학생   (눈물을 흘린다) 오, 이럴 수가.

여울   가엾은 녀석. 마음껏 슬퍼해도 된단다. 이리 와.

가람   왜 그러시오. 어린 친구에게 무슨 일이 있었던 것이오?

여울   이 친구는 원래 중학생이었습니다. 그런데 가장 친한 친구가 백신을 맞고 그만….

가람   아직 어린 아이들을 대상으로 실험을 하다니. 저런 극악무도한 것들. 하늘이 두렵지도 않은가. 신의 축복으로 태어나 그 은총이 아직 사라지지도 않은 아이들에게까지 강요하다니. 천국으로 가는 길을 스스로 막는구나. 그런데 자네는 어떻게 이 시위에 참여했나?

여울 저는 원래 경찰이었습니다. 당의 명에 따라 시위대를 막고 있었죠.

가람 그래서 나에게 존댓말을 하고 예의를 갖추는군.

여울 그렇습니다.

가람 그런데 지금 어떻게 여기 있는 것인가? 경찰들은 지금 당을 위해 시위대를 잡고 있는 것 같은데.

여울 저는 원래 국민을 보호하고 정의를 지키기 위해 경찰에 들어왔습니다. 그런데 경찰이 나쁜 사람들을 잡지 않고 시민들을 잡는 것에 회의감이 들었습니다. 위의 명령에 복종을 해야 하지만 이는 옳지 않은 일이었습니다. 그래서 사직서를 내고 시위대에 참여를 했습니다.

가람 참으로 훌륭한 결정이오. 그대의 행동에 박수를 보내오.

학생 이러지 말고 우리 사람들을 모두 보여주자고요.

여울 그러자꾸나. 그들을 불러오렴.

가람 무슨 소리요? 아직도 더 많은 사람들이 있단 말이오?

학생 설마 우리들만 있을 거라고 생각했나요? (학생 퇴장)

여울 지금 상황을 바꾸고 싶은 사람은 우리만 있는 것이 아닙니다. 훨씬 더 많은 사람들이 있지요. 이 집은 희망의 집입니다. 의사께서는 비행기 사고로 죽은 아내를 위해 지하실을 만들어 모든 흔적을 기억하려 했죠. 그리고 아들이 시위를 기획하고 활동하자 지하실을 아들과 시위대에게 기꺼이 주었습니다.

가람   참으로 안타깝고 아름다운 사연이오. 눈물 없이는 들을 수 없는 사연이군.

여울   그래서 경찰들이 집 주변을 어슬렁거리자 우리는 황급히 지하실로 숨어들었지요.

학생, 연예인, 교수, 목사, 기자, 하양 등장

학생   이제 이 집은 안전해요. 마음 편하게 모두 나오셔도 돼요.

가람   다들 모이는구나.

연예인   저분이 그분이니?

학생   네, 맞아요. 우리 시위에 큰 도움을 주실 분이에요. 힘이 없어 탄압받는 우리에게 큰 힘이 되어주실 분이에요.

가람   많이 뵌 분 같은데 연예인이 아니오?

연예인   그렇습니다. 저를 보신 적이 있군요. 저는 저를 드러내는 활동을 하고 있지만 지금은 숨어서 지내고 있습니다. 어서 밝은 햇빛을 보고 싶네요.

가람   곧 그렇게 될 것이오.

연예인   그러면 좋겠어요.

가람   (목사님을 보며) 여기는 목사님이 아닙니까?

목사   반갑습니다. 장군.

가람	목사님이 있을지는 몰랐습니다.
목사	어찌 평화를 외치는 종교인으로서 가만히 있을 수 있겠습니까. 신께서 주신 소중한 생명을 탄압하는데 보고만 있을 수는 없지요.
가람	오오, 대단합니다. 종교의 뜻에 걸맞게 활동을 하시는군요.
교수	(가람의 손을 잡으며) 반갑습니다. 저는 교수입니다.
가람	교수님께서도 계시다니.
교수	수업과 연구보다 더 중요한 것은 학생들에게 올바른 대학의 가치를 주고자 하는 교수의 마음입니다.
가람	정말 참된 교수님입니다. 교수님 밑에서 훌륭한 학생들이 자랄 것 같습니다.
교수	장군도 올바르고 힘이 센 훌륭한 군인을 키웠으면 좋겠습니다.
가람	네. 감사합니다. (기자를 보며) 그런데 여기 무언가를 계속 쓰고 계시는 분은 누구십니까?
기자	안녕하세요. 저는 원래 역사방송의 기자였습니다. 그러나 역사방송이 당의 탄압에 의해 사라졌고 지금은 직업을 잃어버린 상태입니다.
가람	참 안타까운 일입니다. 그런데 이 사건에 대해 취재를 하고 계시는 겁니까?
기자	비록 정식 기자는 아니지만 외국에 친분이 있는 기자들

이 있어 그들에게 알려주고자 지금 상황에 대한 취재를 하고 있습니다. 이 시위는 단순한 시위가 아니지요. 세상의 많은 국가들이 알고 도와주어야 합니다. 진정으로 자유를 사랑하는 국가이고 평화를 위해서라면 그들은 우리를 도와주어야 합니다. 지금 새터국에서 지금의 상황을 은폐하려고 하지만 저는 기자로서 이 진실을 세상에 알리려 합니다.

가람   우리의 힘도 중요하지만 외국에서 도와준다면 더욱 좋을 것 같습니다. 외국까지 이 사실이 알려져 우리나라를 도와주면 좋겠습니다. 부디 이 사실을 세상에 알리기를 바랍니다.

기자   꼭 자유의 빛이 퍼지도록 하겠습니다.

가람   (하양에게) 그대는 왜 고개를 푹 숙이고 있습니까. 저와 눈을 맞추지 못하는 것을 보니 저를 아직 믿지 못하시는 겁니까.

하양   그것이 아니오라, 죄송스러운 마음에 고개를 들지 못하겠습니다.

가람   어찌 그러십니까.

하양   이 모든 사건의 중심이자 촉매 같은 역할이 바로 저였기 때문입니다.

가람   무슨 말씀이십니까?

하양   저는 원래 당을 지지하는 사람이었습니다. 그런데 믿음은 저에게 죽음을 주었습니다. 당을 믿고 이상세계를 만들려고 했지만 그들은 저를 이용하고 심지어 입을 막기 위해 죽음을 주려 했습니다.

가람 대체 무슨 소리십니까?

하양 경찰의 탄압이 시작된 계기는 시위대의 경찰 폭행이었습니다. 그런데 그것은 사실 시위대가 아니라 저와 같은 지지자들이 분장을 하고 경찰을 때린 것입니다. 당의 최고의원인 란의 지시를 받고요.

가람 정말입니까? 당이 자작극을 벌였다고요?

하양 그렇습니다. 란의 지시를 받은 저와 지지자들은 경찰들을 공격하여 임무를 완수했습니다. 시위대를 공격할 명분을 만들기 위해서입니다. 그런데 당은 혹시나 사실이 새어나갈까 봐 우리의 입을 막기 위해 모두 죽였습니다. 저는 운 좋게 당이 소집한 곳에 가지 않아 목숨은 건졌지만 제 동료들은 모두 죽었습니다. 거짓을 지지한 대가는 참으로 무섭습니다.

가람 지독하게 거짓을 일삼는 나쁜 녀석들이구나. 저 녀석들에게 진실은 오직 악마를 숭배한다는 것만 진실인가. 자신을 믿는 사람들에게도 발등에 도끼를 찍다니.

하양 그래서 제가 한 행동에 대해 후회하고 속죄하고자 이 시위에 참여했습니다.

가람	늦었지만 지금이라도 참여해서 다행입니다. 그대의 증언은 모든 사람들의 마음에 새로운 길을 열어줄 것입니다. 본디 가장 가까운 사람이 등을 돌렸을 때가 가장 무서운 법이지요.
하양	있는 힘 다해 시위대를 돕겠습니다.
가람	혹시 지금 여기 안 게시는 분들은 어떻게 되어가고 있습니까? 그분들은 어디에 있고 어떻게 살고 있는 것입니까?
여울	다른 분들은 지금 기업들의 지원을 받아 조용히 활동하고 있습니다. 이름을 말할 수는 없지만 많은 기업들이 소리 없이 도와주고 있습니다.
가람	그런 분들의 도움이라면 내가 나서지 않아도 되겠구나. 다행이구나. 모두들 그렇다면 어서 저를 따라오시지요. 이곳은 위험합니다. 경찰들이 모두 돌아갔지만 언제 다시 올지 모르는 상황입니다. 차라리 저의 집을 거처로 삼고 행동을 개시하시지요.
일동	좋습니다.
가람	그렇다면 저를 따라오십시오. 의사의 집과 나의 집이 다르지 않을 것입니다. 둘 다 텅 빈 상태니까. 후회와 죄의 얼룩이 묻은 누추한 집이지만 그대들이 온다면 기꺼이 문을 열겠습니다. 떠오르는 해가 생명의 빛을 선사하기를 바라면서. (모두 퇴장)

4막 3장
검은 배경

기자　　기자란 무엇인가. 사회에서 일어나는 일을 세상에 널리 알려야 하지 않는가. 권력의 압력과 매수로도 막을 수 없는 진실을 널리 알리는 것이 기자이지 않겠는가. 그런데 지금 권력의 총칼에 진실의 펜이 막히는 상황이니 이 어찌 차갑고 냉혹한 현실인가. 나는 이 매서운 현실에 굴복해야하나. 나의 안위와 목숨을 위해 이 모든 행동을 그만두어야 하나. 내가 저 무서운 총구 앞에서 진실을 기록하고 담아낼 수 있을까? 부정이 정의를 탄압하고 있는 이 상황을 내가 참을 수 있을까? 아. 나는 그럴 수 없다. 진실의 빛이 꺼져가는 상황에서 나는 방관만 할 수 없다. 기자라면 응당 두려움 속에서도 희망을 전파해야지. 내가 가진 이 짧은 녹화와 공책의 기록은 저기서 시위하는 자들에게 등대와 같을 터. 나는 그들을 저버릴 수 없다.

나를 보고 환호하고 환대하는 저들의 친절을 무시하기에
는 내가 너무 많은 호의를 받았다. 오, 그들의 사랑이 나
에게 힘을 주고 당의 부정에 대한 분노가 피를 끓어오르게
하는구나. 약해지지 말자. 나에게는 진실을 알리고 보도
할 의무가 있다. 그러니 어서 가자. 이 참상을 세상에 알
리자. 세상의 관심을 이곳에 집중되게 만들어버리자. 그
리고 그들을 보호하자.

여울 등장

여울　　나의 나라, 나의 경찰이여. 국민을 지키는 것이 당연한 행
동인데 어찌 그와 반대되는 행동을 하는 것인가. 귀신에
홀린 것인가. 아니면 사악한 마음이 드러난 것인가. 그것
도 아니면 정말 그것이 임무라고 생각하는 것인가. 나는
폭군의 횡포라는 생각이 든다. 단지 당을 보호하고 상관
의 명령에 복종하는 것이 경찰의 목적이라고 하는 저 수
령이 우리를 가지고 노는 것이야. 그는 분명 공권력으로
모든 것을 해결하려 하겠지. 그리고 공포로 나라를 지배
하겠지. 이게 대체 무슨 일인가. 총으로 사람들을 움직이
려 하다니. 수령이여, 나의 총은 선량한 국민을 향하는
것이 아니라 적을 향할 것이오. 계속해서 국민을 쏘라는
명령을 한다면 내 총의 방향은 그대에게 향할 수밖에 없

소. 이 비열한 악당. 추잡한 인간. 감히 명령으로 나를 꼭
두각시처럼 만들려 했다면 큰 오산이다. 나에게 명령을
내릴 수 있는 것은 국민밖에 없으니 명령불복종으로 그
대를 거스를 것이고 사직으로 그대의 법을 거절할 것이
고 결국 시위로 내 총구를 그대에게 겨눌 것이다. 그때
나를 원망하지는 말거라. 나는 당의 입장에서는 배신자
이지만 국민의 입장에서는 친절한 경찰이니까.

연예인 등장

연예인   웃는 얼굴을 하며 사람들 앞에 서 있는 나는 정말 웃을
수 있을까. 나의 노래가 사람들에게 웃음과 슬픔과 희망
을 주었지만 내가 이 행동을 계속할 수 있을까. 사회가
어느 때보다 희망을 원하는데 그 희망을 줄 사람 누가 있
을까. 당의 폭력 아래 세상을 수놓던 희망의 노래는 절망
의 울부짖음으로 바뀌었고 나의 공연에 열광하던 사람들
은 당의 총알에 산산이 흩어지네. 열정이 가득 차오르는
가슴은 찬물을 끼얹은 듯 식어버리고 형태를 알 수 없는
재만 남았구나. 이 꺼진 불을 내가 다시 살릴 수는 없을
까. 그리고 평화와 정의를 찾으려는 사람들에게 내가 할
일이 없을까. 내가 그동안 받은 사랑을 이제 사람들에게
돌려주고 싶구나. 어떻게 하면 좋을까? 나에게 적합하며

내가 가장 잘할 수 있으며 사람들에게 도움이 되는 것이 무엇일까. 그렇지. 내 영향력으로 우리나라에 도움을 주자. 우리나라만으로는 힘이 부족해. 세계의 도움을 빌리자. 세상 사람들에게 우리의 소식과 안타까운 상황을 알려 관심을 끌자. 그러면 힘이 더 강해지고 민중은 우리나라를 넘어 세계로 뻗어나가는 것이지. 그렇게 된다면 나에게는 많은 탄압과 고통이 더해지고 내가 더 이상 활동할 수 없게 되겠지. 아. 그러면 어떠한가. 나의 영향으로 큰 파장을 일으킬 수 있다면 나는 무엇이든 하리. 당의 총칼에도 나는 노래를 부르며 희망을 전할 것이니.

학생 등장

학생   내가 공부를 벗어던지고 나온 이유는 무엇일까. 현실에 대한 분노? 정의의 깃발을 들고 싶은 마음? 아니면 둘 다일까. 무엇이든 나는 지금의 현실을 보고 있을 수만은 없다. 모두가 나에게 어린 학생은 학업에 전념하라 하지만 공부를 아무리 열심히 하면 무엇할까. 현실을 바꾸지 않으면 나의 공부는 그저 당을 위한 도구가 되어버리는데. 공부라는 것은 쓰이는 것을 외우는 것이 아니다. 실제로 세상을 체험하고 느끼는 것도 공부니, 어쩌면 이론보다 이것이 더 중요하고 귀한 공부가 되어 의미를 가지지는 않을까. 나는 그저 공부만 하는 기계가 아니야. 거대한 꿈을 향해 한 걸음 나아가는 잠재력이 무한한 한 사람이지. 비록 어른보다 힘도 약하고 가진 것도 없지만 맑은 마음과 불타는 열정을 가졌기에 누구보다 강할 것이야. 뜨거운 심장을 가지고 조금 더 정의로운 나라를 위해 나아가자. 내가 앞으로 살아가야 하는 나라인데 미래를 위해 나라를 지켜야지.

목사 등장

목사   하나님, 아버지. 저에게 큰 시련이 닥치고 있습니다. 사랑과 평화를 전하고자 하는데 세상은 너무나 악으로 가득 찼습니다. 정의는 이기심으로 인해 혼탁해졌고 위선과 거짓이 천사의 가면을 쓰고 행동하고 있습니다. 오, 아버지. 아버지께서 십자가를 지고 세상의 모든 죄를 짊어지듯 저도 아버지를 따라야 하지 않겠습니까. 저의 한 몸뚱아리 바쳐 평화로운 세상을 만들 수 있으면 좋으련만 미천하고 작은 제가 어찌할 수 없습니다. 그렇지만 작금의 이 상황을 두 손 놓고 보고 있을 수도 없습니다. 나약한 제가 할 수 있는 일은 오직 아버지의 말씀을 벗 삼아 사람들에게 전파하고 사랑과 평화를 마음속에 심는 것입니다. 그리고 자유의 편에 서서 그들을 보호하는 것입니다. 부디 아버지의 사랑이 그들에게 전파되면 좋겠습니다. 아버지. 제게 힘을 주소서. 부조리에 맞서는 선한 마음을, 폭력을 물리치는 강한 힘을, 이기심을 풀어주는 사랑을 저에게 주소서.

교수 등장

교수   나의 가르침은 무엇인가. 학생을 가르치고 사회를 발전시키는 게 교육이 아닌가. 교사와 교수의 역할은 학문을 배우려는 제자들을 사랑하고 사회를 알려주며 올바른 길로 나아가게 하는 것이 아닌가. 가르치는 사람은 학생들에게 신뢰를 주어야 한다. 나는 정말 학생들 앞에 서서 교육을 하기에 부끄럽지 않은 사람인가. 고개를 들고 떳떳하게 내가 가르치는 것이 옳다고 할 수 있을까. 지금 학생들도 저기 광장으로 뛰어나가 나라를 위해, 미래를 위해, 사회를 위해 행동으로 보여주고 있는데 교사가 망설여서야 되겠는가. 조금 늦었지만 지금이라도 그들과 함께하여 나서야 한다. 나의 자유와 아이들의 미래와 사회의 정의를 위해 가르치는 사람으로서 가만히 있을 수 없다. 인권을 짓밟고 자유를 억압하는 것을 미래에 교육하는 것은 옳지 않다. 희망차고 밝은 미래를 위해서 나서야지. 죽음이 목 끝까지 다가오더라도 멈추지 말자.

하양 등장

하양	위선의 손이여. 어쩌다가 이렇게 더러워졌는가. 깨끗한 성수로도 이 손을 씻을 수 있을까. 당을 지지했고 그들의 말을 잘 이행했으나 되돌아오는 것은 거짓이요 죽음뿐이니 나는 그저 그들에 의해 이용만 당했구나. 그동안 나는 내가 틀렸다는 사실을 받아들이지 못했어. 나는 무조건적으로 옳다고 생각했고 나에게 반대하는 자는 적으로 규정했기에 진실을 보지 못하고 멍청하게 당을 따랐구나. 깃발을 흔들고 싶은 욕구가 방향이 잘못되니 어디를 향해 흔들지 몰랐다. 무지하게 당을 지지하는 것이 옳다고 생각한 내 자신이 참으로 부끄럽구나. 온전한 정의란 존재하지 않고 내가 찾아나가야 하는 일인걸. 지금이라도 길을 다시 잡고 나아가야지. 내 동료들의 죽음에 대한 복수와 조금 더 올바른 나의 미래를 위해. 진실을 바로잡고 거짓에 몸담았던 나를 훈계하자.
기자	자유를 위하여.
여울	생명을 위하여.
연예인	희망을 위하여.
학생	밝은 미래를 위하여.
목사	평화를 위하여.

교수　　　올바른 역사를 위하여.

하양　　　진실을 위하여.

모두 한 발짝 나선다.

일동　　　정의를 위하여!

5막

5막 1장
당 내부

수령, 란 등장

수령   (큰 소리로) 이게 대체 무슨 일이요? 지금 우리나라 상황에 대해 외국이 보도하고 있지 않소. 세계 각국에서 어떻게 된 일이냐고 전화통에 불이 날 지경이오.

란   그들은 아무것도 모르니 잘 해결하고 있다고 말씀하시면 될 듯하옵니다.

의원1 등장

의원1   수령님. 이것 보십시오. 큰일 났습니다.

수령   뭐냐.

의원1   세계 언론에 저희들의 소식이 대문짝만하게 실리고 있습니다.

수령   그건 나도 알고 있는 바. 자세한 소식은 모를 것이야.

그렇지 않소?

란   네, 수령님. 시위는 그저 일시적인 것이고 경찰은 시민을 보호하고 있다고 나올 겁니다. 저희는 모든 소통 수단을 막았습니다. 전화, 인터넷, 통신 모든 것을 막았기에 이곳의 정확한 사실을 알 수가 없습니다.

의원1   이것 좀 보시지요. (신문을 주며) 외국 신문입니다. 한 기자가 이곳의 모든 살생을 전한 폭로를 했다고 합니다.

란   무어라? (신문을 낚아챈다)

수령   읽어보시오. 토씨 한 글자도 틀리지 말고. 저놈들이 뭐라고 하는지 들어봐야겠군.

란   (읽는다) 내가 들고 온 진실을 폭로한다. 가둬두려고 했지만 드러내야만 하는 진실. 내가 다녀온 나라에서는 권력에 의한 학살이 일어나고 있다. 그것은 당에 의한 폭정으로 투표권을 얻고 진실을 밝히려는 자들에 대한 탄압이다. 나는 그곳에서 당이 밝히고 싶지 않은 진실을 보았다. 쓰러진 사람들, 울부짖는 사람들, 탄압하는 경찰들.

수령   오, 어떻게 저 녀석이 이곳의 사진을 들고 갔을까.

란   여기 보십시오. (읽는다) 이 모든 사진은 원래 당에 의해 삭제되었다. 당은 이곳에서 찍은 모든 사진을 검열했다. 그러나 나는 사진을 인화하여 담배통에 넣어 본국으로 돌아올 수 있었다.

수령	그 녀석이 여우처럼 교활하고 얍삽하게 사진을 가져갔군.
란	그런 것 같습니다. 앞으로 보안 강화에 더욱 신경 써야 할 것 같습니다.
수령	좋은 생각이오. 어차피 사진은 거짓이라 하면 그만이지.

의원2 뛰어 들어온다.

의원2	큰일 났습니다.
수령	또 무슨 일인가. 도미노도 아니고 방금 큰일이 났는데 연이어 일어난단 말인가.
란	기자가 우리의 상황을 폭로했다는 것이라면 그만두게. 이미 그 소식은 귀가 따갑도록 들었어.
의원2	그것이 아닙니다. 또 다른 일이 일어났습니다. 우리나라의 연예인이 외국에 가서 저희의 실상을 알리고 도와달라고 했습니다.
수령	뭐라?
의원2	외국의 가수 시상식에서 나라가 위험에 빠졌다고 우리나라에 관심과 힘을 보태달라는 말을 했습니다.
란	자세히 설명해보시오.
의원2	오늘 있었던 세계 음악 시상식에서 가수가 상을 받았습니다.
란	그녀의 음악은 세계에서 많은 인기를 얻었지.

의원2	그래서 상을 받으면서 그녀는 눈물을 흘렸고 수상 소감으로 우리들에 대해 말했습니다. 나라가 총과 칼에 아픔을 겪고 있다고 말입니다. 그녀는 세상 사람들에게 우리나라에 도움을 요청하고 평화의 노래를 불렀습니다.
수령	허어. 그것참 큰일이구려. 폭도를 잡는 일을 그렇게 매도해버리다니. 이 모든 일은 질서를 확립하기 위함인데.
란	그렇습니다. 저 무지한 자들이 수령님과 당의 큰 뜻을 모르고 하는 행동이니 참으로 개탄스럽습니다.
수령	그나저나 참 큰일이구려. 연예인과 기자가 세상에 이 사실을 알리면 세상이 우리를 비난할 텐데.
란	그깟 목소리가 나오면 어떻습니까. 국가 간 내정간섭은 금지입니다. 세계가 우리에게 이래라저래라해도 바뀌는 것은 없습니다.
수령	그런가?
란	당의 큰 뜻을 헤아리지 못하는 저 멍청한 놈들이 무어라 하든, 세계의 사람들이 실상을 모르고 우리를 비난해도 저희는 대업을 완수하고 밝은 내일을 만들면 되는 것입니다.
수령	그래, 그렇지. 우리는 우리의 길을 나아가면 되는 것이야.

의원3 등장

의원3	큰일 났습니다.

수령	또 뭔가? 이제는 놀랍지도 않군. 나에게 내성이 생긴 것인가.
란	폭로에 관한 것이라면 그만두게. 수령님께서는 이미 질리도록 들었고 대안을 생각 중이야. 그러니 그 말은 하지 말게나.
의원3	그것이 아니오라 지금 나라에서….
수령	우리나라에서?
의원3	공무원들이 파업을 실시하고 있습니다.
수령	어떤 공무원들이 파업을 한다는 것인가? 어떻게?
의원3	지금 많은 국민들이 시위를 한다는 명목으로 일을 하고 있지 않습니다. 나라의 일을 하는 공무원들은 일을 하지 않고 학생을 가르치는 교수와 교사는 수업에 들어가지 않고, 의료진들은 당의 진료를 거부하고, 변호사들은 법원에 소송을 하고, 노동자들은 총파업을 하고, 경찰들은 사직서를 내고 있습니다.
수령	혼돈이 산사태처럼 몰아치는구나. 이 어지러운 나라를 어찌해야 한단 말인가.
란	그 녀석들이 원하는 것은 무엇이오?
의원3	당의 해체를 요구하며 진실을 밝히고 투표권을 달라고 하고 있습니다.
란	무례한 녀석들. 감히 나라를 이상세계로 만들려는 우리

에게.

수령   내가 물러나야 한다는 소리지 않소?

란   그렇지만 수령님은 걱정하지 않으셔도 됩니다. 어리숙한 강아지가 집 앞에서 짖는다고 다시 집 안으로 들어가서야 되겠습니까. 말이 통하지 않는 강아지에게는 몽둥이가 답이지요. 속히 결단을 내려서 공포로 저들을 통제해야 한다고 생각합니다.

수령   그러는 것이 좋겠군. 나의 그릇에 한계점은 이미 넘었고 더 이상 이를 보고 있기에는 기강이 바로 서지 않소.

가람 등장

가람   수령님.

수령   오, 가람 장군이 아니시오? 어쩐 일이오?

가람   국내가 혼란스러운 것을 들었습니다.

수령   장군도 이 사실을 아는구려. 맞소. 우리나라는 큰 혼돈의 도가니지.

가람   수령님, 실례가 안 된다면 제가 도와드려도 되겠습니까?

수령   장군이 어떻게 말이오?

가람   나라의 공권력인 경찰이 이 혼란을 잠재우지 못한다면 그보다 더 강한 힘이 필요하다 생각이 듭니다. 경찰보다 강하고 파괴력이 강하며 질서를 유지하기에 안성맞춤인 군대가 어떨지요?

수령   군대를 나라에 배치하자는 것이오?

가람   그렇습니다.

수령   아니오. 장군은 외부 세계를 겨냥하고 있으시오. 내부의 일은 우리 당이 알아서 할 것이오.

가람   아닙니다. 저의 상관이자 나라의 상징과 같은 분의 얼굴에 근심이 가득한데 제가 어찌 보고만 있겠습니까. 그것은 도리에 맞지 않고 예의에 어긋나는 행위입니다. 무릇 충성심이 강한 사람은 상관의 얼굴이 어두워지기 전에 먼저 문제를 해결해야 하는 것입니다. 제가 수령님께 도움이 되어 다시 얼굴에 웃음꽃이 피게 해드리고 싶습니다.

수령   오오, 참으로 정직하고 충성스러운 나의 장군. 그대의 충심에 몸 둘 바를 모르겠소. 과인을 이토록 생각하는데 이를 거절하는 것은 굴러온 행운을 발로 차는 행위지.

란   (박수를 치며) 아주 훌륭합니다. 이 드높은 용기와 상관에 대한 충심은 어느 누구도 따라올 자가 없을 겁니다. 수령님, 군대도 경찰과 함께할 수 있도록 윤허해주십시오.

수령   아주 좋구나. 내 앞에 놓인 복잡하고 꼬인 상황을 단박에 해결하는구나. 고르디우스의 매듭을 자른 알렉산드로스가 이런 기분일까. 군대도 나라 안으로 들어와 경찰과 함께하게나.

란	참으로 지당하신 말씀입니다. 장군, 그대의 군은 언제 들어오는 것이오?
가람	훈련이 아주 잘된 군이기에 당장 내일도 가능합니다. 속도는 그 어떤 말보다 빠르고, 자보다 정확하며 용기는 하늘을 뚫기에 부족함이 없을 겁니다.
수령	훌륭하네. 내 이번 일이 잘 해결된다면 자네에게 큰 상을 내릴 것이야.
가람	여부가 있겠습니까. 그럼 저는 이만 전쟁을 준비하러 가보겠습니다. 정의로 가는 길은 참으로 멀고 험하기에 미리 준비를 해야 합니다.
수령	좋네. 어서 가서 준비하게. 내일은 새로운 태양이 뜨겠군. 해가 뜨는 것을 막을 자 누가 있겠는가.
가람	(방백) 이 더러운 위선의 가면을 쓰는 것은 이제 마지막이다. 나의 가면을 벗고 너희의 진실된 모습을 보여주마. 그리고 네놈들을 파멸에 이르게 하여 지옥 속으로 들어가게 해주마. 천국으로 들어가는 길을 스스로 막았고 지옥으로 들어가는 길은 활짝 열렸으니 네놈들이 갈 것은 거대한 지옥의 아궁이로다. 지금 마음껏 웃어두거라. 곧 웃음의 눈물이 슬픔의 눈물로 바뀔 것이니. (퇴장)
수령	갑자기 장군이 도와준다니 정말 다행이구만. 근데 정말 우리를 위하는 일이 맞는가?

란	한 경찰이 말했는데 피도 눈물도 없는 악한이랍니다. 저 번 시위대장의 아버지를 체포할 때 끌려가는 그의 손을 뿌리치고 그의 물건도 빼앗았답니다.
수령	그건 정말 기가 막히군. 우리 당에 최적화된 인물이야. 그렇다면 믿고 맡길 수 있겠구만.
란	여부가 있겠습니까. (모두 퇴장)

5막 2장
광장

보슬, 새결, 경찰들 등장

보슬 모두 정렬. 오늘은 군대가 우리를 돕기 위해 오는 날이다. 그동안 폭도들을 잡느라 고생한 우리의 고생을 덜기 위해 군대도 함께하기로 했다. 백지장도 맞들면 낫다고, 경찰들만 활동하는 것보다는 군대와 협동을 하는 것이 나라의 질서와 안정에 큰 도움이 될 것이다.

일동 예, 알겠습니다.

보슬 하늘은 파랗고 햇살은 참으로 따스하군. 그리고 광장도 굉장히 조용해. 편안한 거리를 보는 것이 얼마나 오랜만인가. 혼란한 생활이 일상이 되니 이제는 이런 당연한 평화도 큰 선물처럼 다가오는군. 그런데 너무 조용하니 오히려 이상해. 광장이 조용한 게 아니라 입을 닫아버려 침묵한 것 같군. 생명이 모두 죽어버린 늪과 같아. 아니면 숨을 죽이고 있는 것일까? 이봐, 자네.

새결	예, 청장님.
보슬	원래 광장이 이렇게 조용했나?
새결	오늘 당의 군대가 광장에 온다고 엄포를 놓아서 그런 것이 아니겠습니까?
보슬	그들은 당의 호통으로 주눅 든 적이 없었지. 그랬다면 애초에 시위도 하지 않았을 거야.
새결	이번은 단순히 호통이 아니지요. 강력한 무기를 가진 군대가 오는데요. 아마 시위대는 군대가 온다는 소리를 듣고 꽁지 빠지게 도망갔나 봅니다. 군대는 우리보다 훨씬 더 강력한 무기를 쓸 텐데 차마 그들도 죽고 싶지는 않나 봅니다.
보슬	그런가?
새결	게다가 그들도 이제 지쳤을 겁니다. 마음을 단단히 먹고 오랫동안 시위를 했지만 이뤄진 것은 없으니 얼마나 절망스럽겠습니까. 본디 믿음에는 어느 정도의 보상이 있어야 하는데 쥐뿔만 한 대가도 없다면 더 이상 나아갈 힘이 나지 않는 것이지요.
보슬	그럴지도 모르겠군.
새결	혹시 다른 생각이 있으십니까?
보슬	폭풍이 오기 전 고요함 같아. 지금은 평화롭지만 앞으로 엄청난 일들이 일어날 것 같은 예감이 드는걸.

| 새결 | 청장님. 저기 보십시오. 누가 오고 있습니다. |

가람 등장. 가슴에 분홍 꽃이 있다.

가람	모두가 군대를 기다리고 있군.
일동	충성!
가람	인사는 되었네. 다들 총구부터 내리지. 자칫하면 나에게 쏠 것 같아 그러네. 모두 총은 내려놓게. (일동 총을 어깨에 건다)
보슬	(가람에게 다가가며) 오셨습니까. 장군.
가람	보슬 청장, 반갑습니다.
보슬	군사를 이끌고 저희를 도와주신다면서요.
가람	그렇습니다. 당신과 경찰들을 도와줄 군사를 데리고 왔습니다.

병사들, 시위대 등장. 모두가 가슴에 분홍 꽃을 달고 있다.

| 새결 | 청장님. 군사들이 제가 생각한 것과 다릅니다. 몇몇은 군복을 입은 군사 같지만 몇몇은 자유로운 사복 차림인 것이 물과 기름이 서로 섞인 듯 이상합니다. 제가 제대로 보고 있는 것이 맞는지요? |
| 보슬 | 자네에게도 그렇게 보이나 보군. 내 눈만 이상한 것이 아 |

니야. 이게 어찌된 일이지?

새결 저희가 모르는 군대가 있었습니까?

보슬 그런 건 아니야.

새결 군대에서 사복을 허용했습니까?

보슬 그런 일은 없을 텐데. 무언가 잘못되었어. 사복을 입은 군인은 대체 무엇인가? 그리고 장군은 무슨 생각으로 저것을 용인한 것이지? (가람에게 다가가며) 장군. 대체 이게 무슨 일입니까? 이것이 정말 군대가 맞는지요? 누군가는 사복을, 누군가는 군복을 입고 있지 않습니까? 장군은 어찌 이를 보고 눈감고만 있습니까?

가람 나는 두 눈을 똑바로 뜨고 있습니다. 그리고 지금 보슬 청장님도 눈을 똑바로 뜨고 있지요. 한쪽의 눈이 이상하지 않은 이상 우리는 같은 것을 보고 있을 겁니다.

보슬 이게 대체 무슨 일입니까? 심지어 누군가는 총을, 누군가는 꽃을 들고 있지 않습니까. 이것이 정녕 저희 경찰들을 돕는 것이 맞습니까?

가람 분명히 말하는데 이것은 그대와 경찰들을 도우려 하는 것입니다. 자, 모두 나오시오.

시위대에서 어린 학생들이 분홍색 꽃을 가지고 나와 경찰들에게 준다. 경찰들 꽃을 받고 총구를 아래로 내린다.

새결 참 아름다운 꽃이네. 병사들 사이에서 어린아이들이 나와 꽃을 주는 이유가 무엇일까.

보슬 장군, 저는 대관절 이해가 가지 않습니다.

가람 보슬 청장, 그대에게 묻고 싶은 것이 있습니다. 그대는 무슨 마음으로 시위대를 적으로 증오하고 무력으로 잡는 것입니까?

보슬 시위대가 아니라 폭도입니다. 시위를 가장하여 나라를 전복시키려는 폭도라고요. 저들은 그저 분노를 감추지 못하고 드러내어 만만한 경찰들에게 화풀이를 하는 녀석입니다. 저번에 손에 무기를 들지 않았습니까? 그들은 무기를 들고 경찰들을 무차별하게 공격하고 발로 짓밟았습니다. 정말 정의를 위한다면 경찰을 폭력으로 마주하지는 않았을 겁니다. 그리고 최선의 방어는 최선의 공격이라는 말이 있듯이 우리는 이 사태를 막기 위해 그들을 공격하는 것입니다.

가람 시위대가 경찰들을 공격했다는 것은 누가 알려준 것입니까?

보슬 그야 당이지요.

가람 청장이 직접 보지는 못하고 들었단 말이지요? 당이 시위대가 경찰을 공격했다고 말했지요?

보슬 그렇습니다. 역사는 우리가 직접 경험하지 않아도 알 수 있지 않습니까. 당에서만 그렇게 말한 것이 아니라 직접 부상을 당한 경찰들도 증언을 했습니다. 시위대가 조금 이른 시간에 나와서 경찰들을 공격했다고요. 폭력에는 똑같이 폭력으로 대응을 해야 합니다. 평화는 강력한 힘에서 오는 겁니다.

가람   정말 그것이 진실이라 생각하십니까?

보슬   그것 외에는 진실이 될 만한 사안이 없습니다.

가람   그대가 간과한 진실과 그 너머의 거짓을 알려줘야겠습니다. (무대 뒤로) 이리 오시오.

보슬   (방백) 진실이 한 가지가 아니라 여러 가지라는 소리인가? 그럼 그건 진실이 아니라 해석이지. 어떻게 해석을 했는지 모르겠지만 한번 들어나 보자.

하양 등장. 보슬에게 다가간다.

하양   나를 기억하십니까?

보슬   그대는 누구입니까?

하양   우리는 서로를 공격했고 또 서로에게 공격을 받은 사람입니다.

보슬   그게 무슨 소리입니까?

하양   당신이 이러는 것은 경찰들이 시위대에게 습격을 받아서가 아닙니까? 아니면 혹시 당에 대한 충성입니까?

보슬　　경찰을 공격한 것에 대한 대응이 가장 첫 번째 이유고 당
　　　　에 대한 충성은 두 번째입니다.

하양　　그렇다면 당신은 분노의 방향이 잘못되었습니다. 그대
　　　　분노의 화살은 시위대가 아닌 당을 향해야 하는 것입니
　　　　다. 왜냐하면 경찰들을 공격한 것은 시위대가 아니라 당
　　　　이니까!

보슬　　아까부터 계속 나에게 이상한 말만 하여 나의 정신을 혼
　　　　미하게 하는 것 같은데 그런 수작이라면 그만두십시오.

하양　　나는 뚫린 입이라고 거짓을 말하는 것이 아닙니다. 거짓
　　　　의 앞잡이가 되어 그에게 뒤통수를 맞았기에 진실의 편에
　　　　섰으니까. 왜냐하면 나는 경찰을 공격했던 사람이고 이제
　　　　는 시위대의 편에 섰으니까.

보슬　　뭐라고?

하양　　옛날 시위대와 경찰들이 폭력 없이 대치하던 때가 있었을
　　　　겁니다. 그리고 시위대가 광장의 경찰들에게 폭력을 가했
　　　　지. 그리고 그 작은 불씨가 커져버려 나라는 총알이 빗발
　　　　치는 전쟁터가 되어버렸습니다. 이제 와서 후회하지만 그
　　　　작은 불씨를 만든 것은 나입니다.

보슬　　네놈이, 망나니 같은 놈이 경찰을 공격했구나. 그러니 그
　　　　에 대한 정당한 벌을 받고 있지. 네가 더욱더 폭력을 정
　　　　당하게 만들어주는구나. 그런데 너는 정말 공격한 사람

이 맞는가? 어떻게 안 죽고 살아 있지? 그때의 사람들은 모조리 추적해서 다시는 광장에 발을 들일 수 없게 하였는데.

하양　당신이 재발을 방지한다는 명목으로 그때 공격한 사람들을 모두 죽였습니다. 그렇게 폭력에 가담한 사람은 모두 죽었습니다. 그러나 나는 다행히 우리가 모여 있던 장소에 가지 않아 목숨은 붙어 있으나 나의 동료들은 모두 죽었습니다. 경찰들에 의해서. 그때 나는 생각했습니다. 당에 충성하고 그들을 지지했는데 돌아오는 것은 개만도 못한 죽음뿐이니 나는 배신을 당했다고. 철석같이 믿고 따랐는데 그들은 나에게 죽음을 주려 했습니다. 그래서 나는 조용히 배신의 대가를 치르게 하기 위해 숨어 살았고 이제는 칼을 갈고 나왔습니다. 이제는 말하겠습니다. 나와 동료들을 시켜 경찰을 공격하라고 한 것은 당의 최고 의원인 란 의원이고 우리는 그저 시키는 대로 한 것일 뿐. 그리고 늦었지만 나는 경찰들에게 사과를 하려 합니다.

보슬　지금 나보고 그 말을 믿으라는 소리인가? 그 말이 사실이라면 증거를 가져와라.

하양　내가 당과 주고받은 편지가 있습니다. (품에서 편지를 꺼낸다) 당이 나에게 명령을 내린 편지들이지. 이것을 본다면 믿겠습니까? (보슬에게 편지를 준다)

보슬	(편지를 읽는다) 말도 안 돼. 이건 모두 수령의 필체이고 도장도 국새잖아.

보슬 (편지를 읽는다) 말도 안 돼. 이건 모두 수령의 필체이고 도 장도 국새잖아.

하양 당은 시위대를 탄압할 명분을 가지기 위해 우리를 이용 했습니다. 시위대로 변장하고 폭력을 사용하면 당이 시위 대에게 폭력을 가해도 되는 상황이 만들어질 것이라고. 우리는 당을 지지했기에 그 말에 따르고 실제로 행동을 했습니다. 그러나 그들은 나에게 보수로 동료들의 죽음을 주었습니다. 당은 그저 경찰들의 공권력을 이용하고 싶어 자작극을 벌인 것입니다.

새결 (앞에 나오며) 기억났다. 이 녀석은 내가 보았던 녀석이잖 아. 청장님. 이놈이 제 동료 여울이를 공격하고 그도 모 자라 경찰들을 공격한 것을 보았습니다.

보슬 정말인가?

새결 그렇습니다. 제 눈과 기억이 증거로, 지금 여기 있는 이 사람도 폭력에 가담했습니다.

보슬 그렇다면 저자의 말이 사실이라고 믿을 수밖에 없군.

여울 등장

여울 (앞에 나오며) 새결아.

새결 오, 여울아. 사직을 하더니 어디 있다가 이제 나타난 것이야.

여울 새결아. 이제는 모든 진실을 알았으니 국민을 괴롭히지는 말아줘. 너도 나도 우리 모두는 당에 속은 희생양이야. 너의 분노는 결코 네가 아니야. 당의 세뇌된 감정이지. 그러니 그 감정에 지배되지 말고 다시 나와 함께 나아가자.

새결　그동안 내가 모르는 사실을 알고 나니 내가 정말 부끄럽네. 내가 그동안 행한 일들이 모두 없었던 일처럼 될 수 있다면 좋으련만. 감정의 노예가 되어 비도덕적인 행동을 저지른 것을 너무 후회해. 이제는 감정과 두 손 잡고 화해를 하고 너를 따라서 당을 향해 갈게.

보슬　세상에. 내가 지금까지 믿고 왔던 단단한 성벽이 무너지는구나. 정녕 이것이 사실이란 말인가. 한쪽은 당의 말을 들은 귀가 있고 다른 한쪽은 이 녀석의 말을 들은 귀가 있는데 머리는 하나뿐이니 어떻게 할지를 모르겠구나.

가람　보슬 청장. 당신은 이제 모든 진실을 보았습니다. 당신의 불타는 마음과 경찰들의 목표는 사실 당을 향해야만 합니다. 우리는 모두 당의 계략에 의해 속아버린 같은 사람입니다. 여우보다 교활한 저 당은 이제 또 다른 계략을 세울지도 모릅니다. 그때는 다른 세력을 끌어들어 우리를 공격할 것입니다. 그러니 그것을 막아야 합니다. 그러지 않고 우리가 서로 싸운다면 국가의 내전이 되고 사상자는 우리가 될 것이고 당은 그것을 지켜만 볼 것입니다. 그러니 어서 결정합시다. 당의 충성스러운 개입니까? 아니면 국민에 충성스러운 사람입니까?

보슬 저는 국민과 정의의 여신에게 충성을 바치겠습니다. 만약 내가 여기서 당의 개가 되어도 시민과 군대를 이길 수는 없을 겁니다. 명분은 가루처럼 휘날려버렸고 수적으로도 압도되었으니 패배는 불 보듯 뻔하지요.

가람 다행입니다. 우리끼리 싸우는 것은 의미가 없지요. 진범은 다른 곳에 있는데 피해자끼리 싸우는 것은 얼마나 우스꽝스러운 일입니까. 우리 함께 국민들과 힘을 모아서 정의가 숨 쉬는 나라를 만듭시다. 거짓을 몰아내고 진실을 찾고 실수한 과거는 물리치고 새로운 미래를 만들어갑시다.

보슬 알겠습니다. 장군. 저의 불찰로 국민을 탄압한 것을 뉘우치는 마음으로 힘 열심히 보태겠습니다. (모두 퇴장)

5막 3장
당 내부

수령 등장. 손에 종이가 있다.

수령 나의 힘이 모두 사그라들었구나. 나를 보호하던 경찰들과 군대가 모조리 내 곁을 떠났어. 나는 모든 것을 기획했고 하늘의 신처럼 그들을 볼 줄 알았는데 저놈들이 힘을 얻어 나를 기어이 끌어내리려 하는구나. 내가 믿었던 당의 경찰과 군인들이 모두 나를 배신하다니. 믿음에서 멀리 있는 것은 사람이요, 가장 멀리 있는 것은 가까운 사람이지. 마음대로 하라지. 나를 떠나간 녀석들은 나중에 내 심기를 건드린 죄를 물을 테니. 나 혼자만 남았다고 생각하면 큰 착각이야. 나의 뒤에는 거대하고 악독한 큰 나라가 있단 말이지. 숨어 있는 실체가 드러나면 너희들은 모두 내게 머리를 조아릴 것이다. 자 어디 보자, 내가 제대로 썼는가. (읽는다)

하나, 호이국과 우리나라는 평등하다. 둘, 뱃길, 하늘길은 서로 연
다. 셋, 법은 호이국이 판단 가능하다. 넷, 호이국 사람에 대한 처
벌은 호이국이 한다. 다섯, 호이국이 우리나라를 통치한다. 여섯,
국가의 모든 의결권은 호이국의 결정에 따른다. 일곱, 호이국이
나라를 보호하고 우리나라는 일정량의 금액을 지불한다.

란 등장

수령	왔는가? 두려움에 떨듯 상기된 얼굴이구만. 하지만 걱정 마시오. 내 호이국에 도움을 요청했고 이제 우리는 세상에서 가장 큰 권력을 얻을 것이니.
란	(수령을 가리키며) 저자를 잡아라!

의원들 등장. 수령을 잡고 밧줄로 묶는다.

수령	이놈들. 이게 대체 무슨 짓이냐. 어서 이것을 풀지 못할까?
란	(방백) 당장 우리의 목숨이 왔다갔다하는데 당신을 어떻게 신경 쓰겠습니까.
수령	나는 수령이다. 너희들을 통치하고 호이국의 힘을 빌려 자네들에게 권력을 쥐어준 것이 바로 나야.
란	그래서 당신은 자리에서 물러나야 마땅하지요. 우리 의원 과반수가 그대가 물러남을 명령하는 바요. 어서 죗값

을 받으러 국민들 앞으로 갑시다.

수령   이놈들, 너희가 지금 무슨 일을 하는지 알고 있느냐. 너희
       들은 세상에서 가장 큰 나라에 칼을 들이미는 것이야.

란   지금 성난 시민들은 당신의 목을 원하고 있지. 지금 꼿꼿
       이 붙어 있는 그 목을. 그래서 우리는 그들의 요구에 답
       하는 것입니다.

수령   이 철면피 같은 놈들. 내가 권력을 쥐어주고 오냐오냐하
       면서 감투를 씌워주었더니 이제는 자기 앞길을 위해 스
       승을 팔아넘기는구나.

란   조용히 가시지요.

수령   저들도 알 것이다. 감히 수령 하나만 없앤다고 되는 일이
       아닌 것을. 내가 잡힌다면 너희들도 모두 무사하지는 않
       을 거야.

란   저들이 수령을 원하는데 우리가 수령을 대령한다면 우리
       를 아군이라고 생각하지 않겠습니까.

수령   이런 고얀….

란   그동안 고마웠습니다. 마지막까지 우리를 위해 이렇게 희
       생을 하시다니요. 그 희생 감사히 생각하고 늘 기억하겠
       습니다. 그렇지만 너무 걱정 마시지요. 저희는 당신의 뜻
       을 이어가려고 잠시 몸을 숨기고 있는 것입니다. 우리가
       살아남아야 당신의 영웅적 희생을 기억하지 않겠습니까.

가끔 희생은 대의를 위한 추진력이 되기도 하지요. 그러니 지금은 미래에 영웅으로 기억되기 위한 뒷걸음이라고 생각하시지요.

가람, 보슬, 시위대 등장

란   저기 오는군. 새 시대를 열 사람들이. (의원들에게) 저기 장군에게 수령을 가져다주자.

수령   네 이놈, 이거 놔라.

란   수령의 입을 막고 조용히 시켜라. (의원들 수령의 입을 막는다. 가람과 보슬에게) 어서 오십시오. 시민들께서 수령을 원하신다고요. 맛도 영양도 없는 수령은 잡아서 뭐 하시려고 그러십니까. 차라리 저기 돼지나 닭을 잡는 것이 훨씬 좋을 텐데요.

가람   말장난은 마시오.

란   인상은 펴지지요. 여러분들이 수령을 원한다고 해서 저희가 미리 잡았습니다. 쥐새끼같이 이 녀석이 도망가려고 하기에 고양이처럼 잽싸게 잡았지요.

가람   그대들이 수령은 왜 잡으시오? 아버지처럼 모시는 수령이 아니었소?

보슬   충심이 다한 것인가? 아니면 반역인가?

란   저희들은 그저 수령의 신하였습니다. 권력의 힘에 눌려 그저 시키는 일만 열심히 했습니다. 그렇기에 저희의 눈과 귀는 오로지 수령을 위해서만 열려 있었고 세상 물정을 몰랐습니다. 그러나 수많은 시민들이 큰 목소리를 내고 당의 경찰과 군인까지 합세하니 그제서야 저희가 세상을 다시 보게 되었습니다. 어리숙하고 멍청했던 저희의 잘못이 죄라면 죄겠지만 이렇게나마 시민들에게 힘이 되고 싶어 그렇습니다.

보슬 (방백) 정말 뻔뻔하기 그지없군.

란 여기 여러분들이 원하시는 수령입니다. (수령을 앞으로 데리고 나온다)

가람 정말 몰골이 딱하게 되었구려. 몇 시간 전만 해도 의기양양하게 있었을 텐데 지금은 길거리 거지만도 못한 몰골이 되었군. 그러나 살인에 미친 자에게 동정은 없고 자비는 없다.

수령 읍… 읍….

보슬 장군, 끼어들어서 죄송하지만 제가 먼저 처리해도 되겠습니까.

가람 알겠소. 그러고 보니 저 얼굴을 먼저 쓰러뜨려야겠군. 저 현란한 세 치 혀로 우리를 속이려는 것이 보기만 해도 역겹소.

보슬 자신이 저지른 행동을 다른 사람이 했던 행동처럼 이야기하는 저 태도는 구역질이 납니다. 복제인간도 저 앞에 서는 무릎을 꿇겠군요. 자신은 죄가 없고 몰랐으며 악당과 자신은 다르다고 이야기하니 저 녀석은 목숨을 위해서라면 간과 쓸개도 바치겠군요. (시위대에게) 이보게. 자네가 나와서 알아서 심판하게나.

란   벌써 심판하는 사람까지 정했습니까? 준비가 철저하시군요.

보슬   준비는 철저하면 좋지. 뭐든 미리 대비하고 생각을 해야 일이 술술 풀리는 것이야. 그러나 그 사안에 대해 정확히 알고 준비해야지. 그렇지 않으면 거짓에 속아 화를 입게 되니까.

란   무슨 소리십니까?

보슬   경찰을 폭행하라는 당신의 사주를 받았던 사람이 당신에게 복수를 하려 한다는 것이지.

란   (당황하며) 처음 듣는 이야기입니다.

보슬   경찰들을 폭행한 것은 시위대가 아닌 당신의 지지자였지. 뱀과 같이 교활한 너의 혀가 경찰들을 폭행했고 경찰들이 오해를 하여 시민들을 탄압하고 있지.

란   (방백) 그 녀석이 살아 있을 수가 없지. 분명 죽었을 텐데.

보슬   이 모든 일의 원흉은 너고, 나와 이 사람들은 너를 용서할 수 없다.

란   거짓말. 보슬 청장님은 거짓에 속고 있습니다. 그놈은 위세를 등에 업고 아주 의기양양하여 거짓말을 늘어놓는 것입니다.

보슬 네놈은 머리부터 발끝까지 거짓말로 가득 차 있구나.

란 보슬 청장님. 한 사람의 거짓말로 나를 심판하는 것입니까. 그 녀석의 말은 거짓말입니다. 증거도 없고 증인도 없는 겨우 한 사람의 증언을 가지고 판결을 하는 것은 너무 귀가 얇다고 생각하지 않으십니까? 대체 무엇을 보고 그 사람을 신뢰하시나요. 지인도 아니고 처음 본 사람을 이렇게 신뢰한다면 감성이 이성을 지배한 꼴이 되어버리지 않습니까. 청장님은 이성적이고 합리적인 사람인데 어찌 이러십니까?

하양 등장

하양 나의 동료들을 대신하여 복수하노라. 이 칼은 썩어빠진 고기를 도려내는 칼이니, 칼이여 너의 임무를 다하거라. 거짓의 첫째 아들이며 나라의 기생충 같은 녀석을 물리치거라. (란을 칼로 찌른다)

란 아이고, 나 죽네. (죽는다)

가람 수령의 팔다리이며 세 치 혀와 같은 놈이 죽었으니 정당한 대가이다.

보슬 장군, 이제 장군의 차례입니다.

가람	수령의 입을 열어보게나. 지금 당장 죽이고 싶다만 마지막 자비는 베풀어주지. 병들고 힘을 모두 잃어버려 약해빠진 돼지가 뭐라고 하나 들어보자. (의원들 수령의 입을 연다)
수령	드디어 살겠군. 입이라는 것은 수령에게 있어 얼굴과 같은데 이것을 막는 동안은 죽는 줄 알았군. 내 입은 나라를 좌지우지할 수 있는데 감히 손을 대다니.
가람	자네는 어떤가. 자네도 저 의원처럼 거짓말을 일삼고 살려달라 구걸할 것인가.
수령	하하하. 웃기는 녀석들.
가람	웃어?
보슬	드디어 실성을 한 모양입니다. 죽기 직전인데도 웃음을 짓다니요.
수령	너희의 모습을 보니 웃겨서 그런다. 네놈들이 과연 언제까지 그렇게 기세등등할까.
가람	무슨 소리지?
수령	지금은 너희들이 반역을 일으켜 나를 겁주고 있지만 곧 전세가 역전된다는 소리야.
보슬	가진 것을 모두 잃어버려 알량한 자존심이라도 내세우겠다는 것이냐.
수령	그건 두고 보면 알겠지.

무대 불이 어두워진다. 시민1 들어온다.

시민1	큰일났습니다. 호이국이 협정에 대해 이행하지 않으면 우리나라와 전쟁도 불사한다고 했습니다.
일동	뭐라고?
가람	그것이 대체 무슨 소리요. 다시 한번 말해보시오.
시민1	지금 호이국이 우리나라에 복종을 요구하고 있습니다. 우리나라의 수령과 맺은 공식적인 협정으로 우리나라는 속국이 되었고 모든 것을 호이국에 위임한다는 협정 말입니다. 그리고 현재 수령은 호이국의 수령이 됩니다. 그리고 이 협정을 당장 이행하지 않으면 국가 간 싸움이 일어날 것이고 지금은 본보기로 우리나라의 에너지를 끊었습니다.
가람	(수령의 멱살을 잡으며) 이 자존심도 없는 매국노. 그러니 지금껏 우리나라의 모든 에너지를 호이국으로부터 수입했구나. 나라를 호이국에 팔아넘기려고 하다니. 자기 하나 살자고 오랜 역사와 아름다운 문화를 가진 우리나라를 팔아넘기겠다는 것이냐. 우리 조상들이 이러자고 목숨을 걸고 나라를 지킨 줄 알아.
수령	단순히 나 하나가 아니야. 이것은 큰 국가의 보호 아래서 산다는 것이고 국민을 위하는 길이지. 지금 나라와 국민은 쓰러져가고 있는데 이를 보고만 있을 수 있나. 내가 하는 일이 이해가 되지 않겠지만 이것은 대의를 위한 작은 희생이라네. 너희는 나무를 보느라 숲을 보지 못하는 것

이야. 지금 호이국의 밑으로 들어가는 것이 비굴해 보일지 몰라도 이것이 모두가 평등하고 행복하게 사는 길이다.

가람 네놈은 미쳤어. 소시오패스같이 수단과 방법을 가리지 않는군.

보슬 장군, 일단 저 녀석을 감옥에 가두고 이 일에 대해 대비해봅시다. 위급한 상황일수록 감성보다는 이성이 더 필요한 것이지요. 문제를 파악하고 해결에 초점을 둬야 하니까요.

가람 (멱살을 내려놓으며) 일단 알겠습니다.

보슬 여봐라. 이 배신자를 감옥에 넣어라. (시민들 수령을 잡는다)

수령 지금은 내가 감옥에 들어가지만 곧 다시 광명을 찾아 나오리라. (모두 퇴장)

5막 4장
당 내부 감옥

수령 등장

수령   오, 내 처지여. 안쓰럽구나. 누구보다 위대한 일을 하기에 고난이 앞에서 길을 막고 있구나. 그러나 시간이 지나면 감옥을 벗어나 금빛이 번쩍이는 왕좌에 앉겠지. 이 괘씸한 놈들. 국민들에게 따뜻한 옷과 음식, 그리고 집을 주려 했는데 지금 힘들다고 나를 차가운 공간에 넣다니. 조금만 있어봐라. 소리가 움직이는 속도보다, 벼락이 치는 속도보다 빠르게 나에게 고개를 조아릴 테니. 호이국이 들어온다는 소리를 들은 그 순간 저들이 나에게 살려달라 구걸하는 모습을 상상하니 웃음이 나오는구나. 하하. 그러니 호이국 형님들은 그대들의 충성스러운 신하를 위해 달려오셨으면 좋겠습니다. 제가 목이 빠지게 기다리고 있으니까요. 오실 때는 저들을 굴복시킬 강한 힘과 위압감을 들고 온다면 저는 충실한 노예가 되겠습니다.

교도관 등장. 품에 상자를 들고 온다.

교도관	죄수는 받아라. (상자를 던진다)
수령	이건 뭘까. 이것이 무엇이오?
교도관	내가 이곳을 떠난 뒤 열어보아라.
수령	(방백) 내가 이곳에 있다고 저 녀석도 나를 업신여기는군.
교도관	중요한 것이니 혼자 조용히 개봉하여라.
수령	중요한 것인가? 나의 직감이 곤두서는걸. (교도관 퇴장) 이 것이 무엇일까. (상자를 흔든다) 무게와 크기를 보아하니 먹 을 것은 아니야. 이 둔탁한 소리는 무엇이지. 보기와 다르 게 무겁고 단단한 금속으로 만들어진 것 같군. 이런, 궁 금해서 못 참겠는걸. 판도라가 왜 상자를 열었는지 이해 가 가는군. 어서 뜯어보자. (상자를 뜯는다) 총 그리고 종 이? 아까 그 소리는 총의 소리였군. 누가 나에게 이것을 주는 것이지? (종이를 읽는다)

친애하는 수령 동지. 이것은 호이국 수령께서 그대의 행동을 높이 치하하여 보내는 서신이요. 아무쪼록 신중히 읽기를 바라오. 그대 는 호이국의 충성스러운 신하로서 맡은 바 임무를 훌륭하게 행하 였다오. 우리 수령이 그대의 명석한 두뇌에 감탄을 금치 않을 수 없었소. 그대가 호이국에서 일을 한다면 최고의장 자리까지 줄 수

있을 텐데 아쉽소. 그렇지만 우리는 그대를 호이국에 충성한 최초의 개혁자이자 위인으로 기억할 것이오. 이제 이 마지막 임무만 수행하면 그대는 위대한 호이국의 역사에 남을 것이오. 우리가 그대에게 주는 마지막 임무는 자결이오. 이미 감옥에 갇힌 그대는 곧 공개처형이 되어 성난 군중들을 잠재울 예정이오. 그러니 그대는 그전에 명예롭게 목숨을 끊으시오. 남의 손에 죽는 것보다는 스스로 죽는 것이 더욱 고귀하고 존엄하오. 그대의 마지막이자 새로운 역사의 시작을 향해 이 총으로 스스로 영혼을 고결하게 만드시오.

수령 저놈들이 나를 공개처형한다고? 그럼 나의 꿈이 이루어지는 것을 보지 못하겠구나. 그래, 호이국의 말처럼 몰상식한 저놈들의 손에 죽을 바에는 스스로 목숨을 끊는 것이 낫겠구나. 어차피 죽을 목숨인데 명예라도 가지고 떠나야지. 제아무리 비참한 사람도 명예와 자존심만 있다면 그는 결코 하등한 사람이 아니다. 명예를 잃을 바에는 돈을 잃는 것이 낫지. 죽으면 돈은 없어지지만 명예는 남으니까. 호이국의 지시에 따라 명예로운 죽음을 받습니다. (총을 머리에 가져다 댄다) 아니지, 내가 이렇게 된 것은 모두 저 장군 때문 아닌가. 저 녀석만 배신하지 않았다면 내가 이러지는 않았을 텐데. 간사한 저 녀석의 세 치 혀와 실속 없는 충심에 속아 내가 눈이 멀었던 거야. 나를 배신한 자여, 악마가 만든 지옥불에 떨어져 비명을 지를 자여, 그대가 웃는 것은 나의 죽음에 대한 모욕이니 네놈도 저승길에 데리고 가겠다. 나를 죽이고 많은 명성으로 으쓱해진 어깨를 들고 다닐 것을 생각하니 치가 떨리는 구나. 그러니 네놈도 나와 함께 가자. 나는 사람을 죽인 죄로, 그대는 충심을 배신한 죄로 지옥에 갈 것이니. (총과 종이를 품에 숨긴다) 아직은 기다리자. 시간은 아직 오지 않았고 기회는 숲에서 나를 보고 있으니 이 거사는 성공으로 끝날 것이다.

가람, 보슬, 병사들 등장. 모두 가슴에 꽃이 있다.

수령   옳지, 저기 오는구나. 자신이 곧 죽을지도 모르고 걸어오는 것이 불을 쫓아 뛰어드는 불나방 같군. 어서 오거라. 곧 네놈의 목숨을 순식간에 끊어주지.

가람   이보게, 수령.

수령   왜 부르느냐.

보슬   저 건방진 녀석. 지금 태도는 과거 수령의 모습처럼 오만하구나.

수령   내 몸이 비록 차갑고 어두운 감옥에 있다만 나의 영혼은 누구보다 위에 있으니 이 태도가 이상하지는 않을 것이다.

보슬	망상이 하늘을 찌르고 우주를 향해 나아가는구나. 누가 보면 신이라도 되는 줄 알겠어.
수령	신은 죽어도 그 가치는 영원하니. 나 역시 신의 발자취를 따라가고 있으니 신이라 불리겠군.
보슬	감옥에서 미쳐버린 것이 분명하군.
가람	너무 흥분하지 마시오. 세상의 소식을 알아도 저 녀석이 저럴 수 있을지 의문이 드오.
보슬	이놈아. 너는 지금 세상이 어떻게 돌아가는지 아느냐. 너에게 바깥세상은 그림의 떡이요, 잡을 수 없는 동아줄일 텐데.
수령	하하. 그래 봤자 할 수 있는 것이 얼마나 될까. 협정으로 우리나라는 호이국의 산하에 들어갈 텐데. 그리고 우리 같이 힘없는 작은 나라는 호이국의 입김 하나에 흔들리는 가냘픈 깃털과 같지.
보슬	장군, 이 녀석이 아직도 정신을 차리지 못하나 봅니다. 이놈아, 처음에는 호이국이 우리에게 협정을 들이밀며 전쟁을 일으키겠다고 협박을 했지. 협정에 의해 우리나라는 호이국의 지방자치국이며 나라의 평화를 위한 호이국 군사들이 들어온다고 하면서 많은 군사들이 우리 쪽으로 몰렸지.
수령	너희들은 지금 호이국 없이는 아무것도 할 수 없을 텐데?

모든 에너지를 끊고 군사들이 들어오면 너희는 팔다리가 없어지는 셈이지. 승산이 없어. 계란으로 바위를 치는 게 더욱 승산이 있겠군.

보슬　너는 그렇게 생각해도 세계는 그렇게 생각하지 않는다.

수령　세계라니?

가람　나라는 갈수록 어두워지고 전쟁은 개전 직전까지 가면서 긴박한 상황까지 갔지만 다행히 세계가 우리에게 손을 내밀어주었네. 여러 나라에서 식량과 물자를 지원하고 우리나라도 절약하며 생활하다 보니 호이국 없이도 풍족하게는 아니지만 간간이 살 수 있지.

수령　그런 일이 가능하다니. 그렇다 해도 전쟁은 피하지 못할 텐데? 목숨이라도 부지하고 싶다면 어서 빨리 항복을 하는 것이 좋을 것이다.

보슬　나라를 지키려고 하지 않고 오히려 팔려고 하다니. 네놈은 어떻게든 목숨을 부지해서라도 비참히 살겠다는 것이구나. 자신의 목숨이 그렇게도 소중하느냐. 그렇지만 호이국이 너를 구할 거라는 생각은 버려라. 지금 세계 자유연합군이 우리나라로 오고 있어.

수령　자유연합군이라니. 그건 처음 듣는 군대인데.

보슬　세계 민주주의 국가들이 연합을 한 군대이자 서로가 서로를 보호하도록 지켜주는 군대이지. 이제 우리도 긴급

승인을 받아 그 연합의 일원이 되었지. 그들은 우리나라가 공산화되는 것을 막기 위해 즉각 우리나라에 들어왔지. 호이국은 군대가 개입하면 용서치 않는다고 했지만 그건 개가 짖어대는 말일 뿐.

수령　　그럼 세계적인 전쟁이 일어날 텐데?

가람　　호이국은 강한 자에게는 약하고 약한 자에게는 강하지. 세계 자유연합군이 온다니 바로 꼬리를 내리더군.

수령　　말도 안 돼. 그들이 우리나라에게 얻는 이득이 없을텐데.

가람　　우리나라가 호이국에 넘어가게 된다면 호이국은 더 많은 영토를 가지게 되고 그로 인해 자유국가들은 바다에서 그들과 접하게 되는 것이오. 그들도 그걸 탐탁지 않게 여기고 이에 처음부터 강하게 대응을 하는 것이지. 칼을 든 호이국과 국경을 맞대고 싶은 나라는 없으니까.

보슬　　네 녀석이 꿈꾸던, 우리나라가 호이국에 넘어가는 일은 이제 물거품이 되었다. 우리에게는 좋은 일이지만 너에게는 좋지 않은 일이지.

수령　　아아, 내 꿈이….

보슬　　곧 더 무거운 운명이 너를 찾아올 거야. 너의 죄명을 물어 법원에서 알아서 처리할 것이지.

가람　　나라를 팔려 한 죄, 자신의 사리사욕을 채우려고 국민을 희생시킨 죄, 국민을 상대로 총을 겨눈 죄, 거짓말로 우리를 속인 죄. 너무 많구나. 이 다양한 죄명을 가지고도 네가 멀쩡히 살지는 못할 거다. 탐욕스러운 돼지가 도살장에 끌려가니 일말의 동정심도 없구나.

수령   정말 모든 것이 끝났구나. 지금 말한 것이 모두 사실이냐.

보슬   네놈이 우리에게 거짓말을 했다고 우리가 너에게 거짓말을 하지는 않는다. 이것은 변함없는 진실이다. 거짓은 너를 살찌우고 진실은 너를 야위게 만드니 네놈이 이제 살찌기는 글렀다. 네가 정말 인간으로서 양심이 조금이라도 있다면 얌전히 감옥에서 속죄하거라. 자비는 구하지 말고 고통을 온몸으로 느껴라. 그래도 네 죄는 씻겨나가지 않겠지만 신께서는 정상을 참작해줄 수도 있으니.

가람   기다려주지 않는 시간을 세면서 조용히 있거라. 곧 저승사자가 너에게 올 것이다.

수령   잠깐, 내 마지막 할 말이 있다.

보슬   저놈이 뚫린 입이라고 또 무슨 말을 하려는 것이냐. 거짓말로 다시 우리를 현혹시키려 한다면 입에서 구더기들이 나오도록 해주겠다. (총을 꺼낸다)

가람   일단 한번 들어나 봅시다.

보슬   그래, 들어나 보자. 그러나 허튼소리를 한다면 법원이 아니라 내가 네 목숨을 결정할 것이다.

수령   나의 운명이 끝에 서 있다는 것을 나도 안다. 그러니 일분

일초가 아까운 지금 쓸데없는 소리를 하는 것은 사치지. 아, 참으로 안타깝구나. 바스러진 나의 꿈이여, 망가진 나의 인생이여, 무너진 나의 이상이여. 조금만 더 나아갔다면 국민 모두가 배부르고 행복하게 살 것인데 저 이기적이고 큰 뜻을 보지 못하는 장님들 때문에 물거품이 되었구나. 나는 곧 죽겠지. 그리고 호이국은 물러가겠지. 그러나 그것은 일시적일 뿐, 그들은 다시 나라에 들어오려 할 것이야. 분명히 장담하지. 그때가 되면 나의 명예는 다시 올라가고 죽은 나는 언제나 너희들 위에 있을 것이다. 지금은 단지 전투에서 졌지만 전쟁은 곧 승리할 것이다. 그러니 받아라. 어리석은 너희 행동에 대한 나의 답이다. (총을 꺼내서 가람을 쏜다. 가람 쓰러진다)

일동   세상에.

보슬   이놈. (총으로 수령을 쏜다)

수령   (쓰러진다) 내 스스로 목숨을 끊고 싶었으나 뜻대로 이루어지지 않았구나. 그러나 결과적으로 죽었으니 상관은 없지. (죽는다)

보슬   장군, 괜찮으십니까. 의사를 당장 불러라. 장군, 괜찮으십니까?

가람   보이는구나.

보슬   제가 잘 보이십니까?

가람	보인다. 저승사자가 나에게 걸어오는 모습이. 다시 보인다. 이제는 뛰는 모습이.
보슬	정신 차리십시오. 혁명에 가장 큰 역할을 하고서 이렇게 허무하게 죽으면 안 됩니다.
가람	아니오. 나의 임무는 모두 끝이 났소. 나의 가족이 부여한, 당에 대한 복수와 정의를 위한 혁명. 이를 모두 완수했다오. 그 과정이 참으로 힘들었지만 아름다운 결말을 얻지 않았소.
보슬	임무를 완수했으면 떳떳하게 고개를 들어 살아야지요.
가람	나는 살아도 산 것이 아니었소. 또한 앞으로도 내 가족 없이 산다는 것은 심연에서 외로이 살아가는 것에 불과하오. 나는 그런 길을 걸을 자신이 없소. 어둡고 고독하고 쓸쓸한 그 길을 말이오.
보슬	장군.
가람	그러니 이 상황은 비극이 아니오. 오히려 희극이지. 사람들에게는 자유를, 나에게는 가족을 만날 기회가 다가왔단 말이오. 나의 가족들이 내가 지옥을 걸을 때 잠시 얼굴이라도 비춰주기를. 그 표정이 나에 대한 증오에 가득 차 있어도 괜찮으니 한 번만 비춰주기를. 신이시여, 저승 가는길 자비를 베풀어 잠시만 가족을 보여주시옵소서. 그대가 정말 인자하다면 이 죄인을 향해 따스한 손길을

내밀어주소서. 그렇게 해주신다면 저에게는 지옥길도 꽃
길과 같을 것입니다. 보슬 청장.

보슬 예.

가람 내 무덤은 가족들과 함께 있게 해주시오. 한날한시에 같
이 장례를 치러주시오. 그리고 그 무덤에는 나봄이가 좋
아하던 이 꽃을 꽂아주시오. (가슴의 꽃을 건넨다)

보슬 (꽃을 받으며) 알겠습니다.

가람 그렇게 해준다면 나는 이 꽃으로 내 임무를 완수했다고
증명할 수 있을 것 같소. 혹시나 이것을 보여준다면 그들
이 나를 용서할지 모르니 말이오. 나같이 죄를 범한 자가
털끝만 한 용서라도 구걸하여 얻을 수 있다면 그것이 나
에게는 희망이오. 점점 눈이 감기오. 어서 가족을 향해
달려가야지. 그리고 용서를 빌어야지. 신이시여, 잠시만
그들의 얼굴을 보여주기를. (죽는다)

보슬 장군이 돌아가셨다.

도두, 마루 등장

도두 상황이 긴급하다고 들었소. 장군은 어디 있소?

보슬 장군은 이미 숨을 거두었소.

도두 세상에. 그 누구보다 혁명에 도움을 준 사람이 이렇게 숨
을 거두다니. 이런 무심한 일이.

마루 나는 카메라와 같구나. 딸의 마지막 모습과 아버지의 마지막 모습을 보았으니. 내 기억 속에는 이제 저들이 저장되었구나.

도두 장군을 이제 어떻게 할 셈이오?

보슬 국가의 예를 갖추고 최대한 크고 성대하게 장례를 치를 예정이오. 그 가족도 함께.

도두 옳은 일이오. 흔들리는 나라를 쓰러지지 않게 잡아준 장군에게 예를 갖추어야 하오. 거짓에 속았지만 진실을 밝히고자 했던 용감하고 뚝심 있는 장군을 기억해야 하오. 비극적인 삶을 살면서도 주위에 희극을 주고자 한 장군을, 상관이 아닌 국민을 상사로 둔 장군을, 상실과 공허의 마음을 평화와 진실로 가득 채우고자 한 장군을 우리 모두 기억해야 하오.

보슬 의사께서는 어찌하실 생각이오?

도두 나는 나랏일에서 손을 떼고 자식과 함께 남은 생을 보내려고 하오. 본업에 충실해야지. 아픈 국가는 국민들이 치료를 했고, 나는 아픈 국민을 치료하고자 하오. 청장은 어떻소?

보슬 나는 나라를 위해 경찰 일을 계속하고자 합니다. 수령을 쫓아냈지만 권력을 잡은 저도 수령처럼 악독해질 수 있습니다. 그러니 나는 본업인 경찰 일을 하고자 하오.

도두	훌륭합니다. 이 일은 모두 끝내야 합니다. 권력을 빼앗은 우리는 다시 악마가 될 수 있소. 감정이 순식간에 사람을 잠식시켜 지배할 수 있으니 너무 커지기 전에 진화시켜야 하오. 권력은 이 모든 것을 만든 국민들에게 다시 나누어야 한다고 생각하오. 미래에 국민들은 자신들이 열성을 다해 얻은 이 나라를 잘 이끌 것이오.
보슬	만약 수령의 말처럼 우리의 자유를 빼앗는 녀석들이 온다면 어떻게 하실 생각이오?
도두	그때는 우리 국민들이 가만히 있지 않을 거요. 자유와 기회를 빼앗는 것을 국민들이 용납하지 않을 것이니 그때는 영웅들이 나라를 지킬 것이오.
마루	우리 모두는 주인공이라네. 여기 있는 사람들, (관객을 향해) 그리고 저기 있는 사람들. 모두가 주인공이라네.
도두	그러니 우리는 본업에 충실합시다. 무너진 것은 바로 세우고, 삐뚤어진 것은 바로잡으며, 곪은 곳은 도려내어 다시 나라를 세웁시다. 무너지는 것은 쉬우나 다시 일으키는 것은 어려우니 말이오. (모두 퇴장)